U0465657

马凯诗词选

下卷

心聲集

（增订本）

中国书籍出版社
China Book Press

下卷目录

寄情篇

揽胜篇

附录

寄情篇

古风·先父去世二十年祭

风瑟瑟，云茫茫，
未进灵堂步踉跄。
一见遗像心欲碎，
再看人已泪千行。
膝下儿女尚稚齿，
风华先父却早殇。
仁者为何遭此命，
天理何在问上苍。
苍天寂寂默不语，

只有泣声添凄凉。
人虽已去足留迹，
半百一生也非常。
十三学徒知寒苦，
二十投笔向朝阳。
宝塔山巅大旗耸，
黄河水畔小米香。
利枪檄文扫倭寇，
铿词锵曲试锋芒。
蒙冤含屈终不悔，
百炼千锤始成钢。
甘为绿叶平生事，

默添砖瓦不张扬。
忠厚为人宽待友，
清白做事好正梁。
把笔可以书宏论，
拈针也能补蔽裳。
方教志远莫庸碌，
又诲才实忌轻狂。
苦心示儿勤劳作，
着意传女俭梳妆。
正待好年才华展，
岂料腥风人难防。
脚稳有根骨且硬，

身正不阿头更昂。
诀别一幕恸天地，
万岁三呼震四方。
吟罢心潮仍难平，
听后苍天可断肠？
悲歌难唤亲人返，
唯将寸草报爹娘。
亲人难返音容在，
一代家风继世长。

一九八八年七月

【注】父亲一九一七年出生，一九六八年去世。一九三五年参加革命，一九三八年入党。

七绝·母亲八十华诞

少小报国记若新，
沧桑历尽已八旬。
耄年最是身犹健，
更有精神勉子孙。

二〇〇四年二月

【注】
【少小报国】母亲一九二四年出生，一九三八年加入中国共产党，时年十四岁。

苏幕遮·初约

月光柔，
钟声脆。
缕缕清风，
风过心头醉。
民族宫前松柏翠，
欲见还怯，
疑在梦中睡。

话长街，

人未累。
细语潺潺，
恰似山泉水。
夜已深深难入寐，
盼到天明，
再品其中味。

一九七三年五月二日

七律·结婚周年寄语

去岁今宵数九冬，
小楼春溢烛灯红。
愧无彩笔情难尽，
幸有灵犀意自通。
渴吮一滴甘似露，
花结十月喜愈浓。
来年小女婷婷立，
燕舞凯歌乐跻峰。

一九七五年十二月二十九日

【注】

【周年寄语】作者于一九七四年十二月二十九日结婚，此诗为结婚一周年而作。

【燕舞凯歌乐跻峰】本句含夫人、作者、女儿的名字。

钗头凤·银婚

同携手，
共酌酒，
嫩芽银絮轻杨柳。
花吐蕊，
松含翠。
一朝相许，
百年无悔。
对、对、对。

情依旧，
人未瘦，
清馨小舍当窗透。
春江水，
心期遂。
待到金秋，
满枝争坠。
美、美、美。

一九九九年

【注】
【银婚】一九九九年十二月二十九日是作者结婚二十五周年纪念日。这年春节，过绍兴，游沈园。园中陆游《钗头凤》跃然墙上，字好，词更好，朗朗上口，情感至深。回京后，为贺银婚，半步原韵，反其意而作之。

七绝·与夫人游香山

霜过层林枝染赤，
风来小路叶堆黄。
山衔落日霞为伴，
水映浮莲影作双。

二〇〇〇年十月

【注】
【香山】位于北京海淀区西郊，是以红叶著称的森林公园。

蝶恋花·盼

月落月升窗外夜，
窗外人家，
窗里同餐悦。
又是佳肴烹满碟，
门铃空待归人曌。

春去春来休假节，
休假人家，
休憩同游惬。

却道公差难了却，
玉音伫候传情切。

二〇〇一年二月

【注】
【门铃空待】经常允诺回家吃晚饭，却常常加班难归，使夫人空待。
【玉音伫候】出差在外，每日总要通电话。

钗头凤·珍珠婚

交杯手，
沁心酒，
春风又弄柔丝柳。
衣曾薄，
濡以沫。
卅年虽过，
钟情似昨。
脉、脉、脉！

根依旧，
枝难瘦，
含苞更放芬芳透。
缘作合，
良工琢。
灵犀自在，
一生相托。
乐、乐、乐！

二〇〇四年十二月

五绝·花甲祝福赠夫人

举酒相凝视，
未言心已知。
依依琴共瑟，
结发梦觉迟。

二〇〇六年九月二十九日

钗头凤·红宝石婚

和弦手，
交杯酒，
曲扬人醉风拂柳。
分凉热，
同求索。
共伊织锦，
岁华生色。
贺、贺、贺！

株虽旧，
根难瘦，
满枝红豆仍晶透。
秋枫赫，
斜阳铄。
看苗儿长，
品开心果。
乐、乐、乐！

二〇一四年十二月二十九日

钗头凤·蓝宝石婚

执君手，
齐眉酒，
四十添五依依柳。
陈庭树，
新枝驻。
是谁浇水，
又谁培土。
悟！悟！悟！

弦虽旧，
歌难瘦，
有灵犀在相参透。
衷肠诉，
繁花数。
为何人赞，
亦何天助。
慕！慕！慕！

二〇一九年十二月二十九日

七律·贺忠秀七十岁生日

难见梳妆难觅痕，
依然优雅自精神。
从来学子心中范，
总是方家座上宾。
慧眼分明天与地，
齐眉无论往和今。
争夸满院芬芳溢，
笑了涓涓浇水人。

二〇一六年九月二十九日

五绝·小女恬睡

夜深竹有音，
风过水无痕。
踮脚拂蚊去，
恐惊梦中人。

一九七九年八月

【注】
【夜深竹有声】深夜安静得可以听见竹节向上蹿长的声音。

忆江南·喜读初作

心中美，
最美蕙兰开。
窗上月移明似雪，
灯前键走响如雷。
能不信成材？

一九九八年十月

【注】

【喜读初作】小女乐乐毕业于北京大学国际金融系。刚走上工作岗位，就承担了对我国寻呼业进行行业系统分析的任务。常常伴月伏案，不足两个月写就了数万言的行业报告，图文并茂，为业内人士所赞，并被转载、引用。故有感而作。

五律·示女

欣看挂征帆，
临行嘱万千。
德高容乃大，
识远道则宽。
志韧谁强手，
心平本自然。
居前诚可贵，
天外有新天。

一九九八年八月

【注】

【欣看挂征帆】李白《行路难》：『长风破浪会有时，直挂云帆济沧海。』为小女踏上新的岗位而作。

七绝·示女

拓路从来多坎坷，
登峰无计少风云。
径失道转寻常事，
雾散天开顶上人。

二〇〇〇年十一月

【注】
【示女】女儿参加工作后，面对着重重困难、挫折的考验，为此而作。

江城子·小女出嫁

张灯结彩俱欢颜。
骤心酸，
又心甜。
学步咿呀，
转眼已翩翩。
小女可知牵挂事？
常问候，
祝平安。

大千世界浩无边。
手今牵，
是姻缘。
相敬相依，
相伴两鬓斑。
漫漫人生新起点。
齐比翼，
共扬帆。

二〇〇五年十月

七绝·听小女胎音

怀子初闻喜半疑，
忽传耳麦响雷激。
缘何心鼓催飞马，
道是爷孙欲见急。

二〇〇六年十月

【注】

【听小女胎音】小女怀孕四个多月，一日，小女回家后神秘地对父母说：『送你们一件礼物。』拿出一看，是一个胎音听诊器。听之，声音之响亮，心跳之急促（每分钟约一百四十一一百六十次），出人意料。一番惊喜和遐想涌上心头。

七绝·外孙出生

爆竹阵阵贺新春，
共与嘉嘉急叩门。
清脆一声我来了，
丁疆亥步又一人。

写于二〇〇七年二月二十一日上午
嘉嘉出生后九小时

【注】

【急叩门】小女生子预产期未到，但外孙『嘉嘉』似已急不可耐，二月十五日(丙戌年腊月二十八)即『大闹天宫』，小女提前住院。二月十八日恰逢丁亥年春节，焰火怒放，爆竹齐鸣。二月二十日二十三点四十八分，嘉嘉降生，体重近七斤。

【丁彊亥步】恰逢欧阳中石先生为贺新春题赠『丁彊亥步』四字，并注云：『丁彊』，健壮，典出汉王充《论衡·无形》；『亥步』，健行，典出《山海经·海外东经》。

七律·下班归来

乏身沉步未及铃，
门内呼爷已不停。
小手拎鞋驱倦意，
童谣悦耳焕激情。
涂鸦满纸出奇画，
嬉戏无忧忘老翁。
梦里依稀牵须闹，
醒来不禁笑失声。

二〇〇九年二月

写在外孙嘉嘉两周岁之际

七律·戏作于外孙嘉嘉三周岁之际

三十斤重三尺长，
日日升旗日日忙。
一曲国歌惊四座，
几筐奇想考八方。
听完粱祝习AB，
踢罢足球舞棍枪。
敢问天明谁睡亮，
居然三岁小儿郎。

二〇一〇年二月

【注】

一天，嘉嘉早晨醒来，说：『我一人能把天睡亮。』

七绝·嘉嘉的『烦恼』

嘉嘉已四岁，仍不时有人误以为是女孩儿。对此嘉嘉十分气愤，横眉怒对。感慨戏作。

花容玉肌卷睫扬，
妹妹短来妹妹长。
俏嘴一噘金棒舞，
谁说我是小姑娘。

二〇一一年二月

七绝·咏小蝌蚪

高手云集水立方，
小儿也敢试锋芒。
应声枪响群蝌竞，
指日蛙人梦岂长。

二〇一三年四月二十五日

【注】
外孙嘉嘉时年六岁，多日未习游泳且不会跳起入水，但今日在北京二〇〇八年奥运会游泳比赛场馆『水立方』，初次参赛即获『北京业余游泳分站赛』幼儿组五十米蛙泳第八名，口占一绝以贺。

七绝·嘉嘉主持英文节目

曾经羞涩登台迟，
转眼当家做老师。
疑是洋娃脱口秀，
雏鹰开翅待飞驰。

二〇一四年五月二日

【注】
二〇一四年五月二日，嘉嘉时七岁，应北京人民广播电台之邀，在其英语『小鬼当家』节目讲故事。

七绝·贺小外孙出生戏作五首

其一　报喜

送爽秋风满院时，
红棠金柿缀弯枝。
喳喳喜鹊迎谁到，
哥哥笑答我早知。

其二　同好

盼是丫头却光头，
哥哥笑了妈何愁。
膝前背后骑竹马，
左挽右搀伴暮秋。

其三　起名

起名竟比生子难，
查典翻书碰无缘。

七嘴八舌争未断，
哥哥咬定叫欢欢。

其四　正点

未到时辰急出来，
天宫大闹摆擂台。
心中赖有神针定，
正点一声笑脸开。

其五　像谁

浓发清容像是谁，
哥哥昂首翘修眉。
二十年后鹰一对，
万里长空比翼飞。

二〇一一年十月

七绝·首驾之疑

了无惧色驾单骑，
脚踩油门自缓急。
遇到拐弯轻转把，
不足两岁惹惊疑。

二〇一二年八月

【注】
欢欢在友人家观察哥哥们骑儿童电动摩托车，跃跃欲试。上座后，起动、直前、转弯，不慌不忙，有录像为证。众人难以置信其仅一岁九个月，且是首次驾车。叹为一绝。

七绝·夜醒为欢欢两周岁戏作

哭疑不会总欢欢，
『介戏习么』挂嘴边。
左右开弓涂鸦画，
星星月『酿』布盈天。

二〇一三年十月

【注】
欢欢初学说话，发音不准。总爱问『这是什么』；可双手同时在黑板上画画，口中念念有词『月亮』。

七言·戏论欢欢『高论』

南海仲裁闹剧生，
外婆叨念外孙听。
突然小嘴出奇问：
难道美国发了疯？
自己以为超厉害，
恐龙原本更狰狞。
昔时巨霸今安在？
只见化石凑骸形。

二〇一六年十月

【注】小外孙欢欢时年五岁。

七绝·异国中秋夜二首

天各一方

天各一方夜色寒，
水失欢浪月空圆。
乐都不奏思乡曲，
何碍萦怀溢笔端。

二〇〇二年九月二十一日

又是中秋

又是中秋枉月明，
他乡孑影对孤灯。
飘然思絮蟾宫送，
借问嫦娥可寄情。

二〇〇三年九月十一日

【注】
【天各一方】二〇〇二年九月二十一日正值中国传统节日中秋节，家家户户团聚在一起。此时此刻，夫人在太原，女儿在北京，而我随团正在奥地利维也纳访问，各在一方，这还是头一次。
【水失欢浪】蓝色多瑙河失去了往日的欢波。

【乐都】维也纳被誉为『音乐之都』。

【又是中秋枉月明】二〇〇三年九月十一日又恰逢中秋节时，我离开家人，率团赴莫斯科与俄方进行中俄能源会谈。在我驻俄使馆，抬头望月，感慨系之。

天净沙·又值中秋

边关冷月寒秋，
片云孤鹤空楼，
人远情长花瘦。
一声问候，
几番热涌心头。

二〇一〇年九月

【注】
二〇一〇年中秋，三遇天各一方，夫人和外孙在北京，女儿出差在美国，我出差在天山。通话感慨系之。

六州歌头·送友远征

列车渐杳，
脉脉别同窗。
天地广，
羊鞭响，
稻花香。
守边疆。
无意恋温室，
沐风雨，
经骇浪，

知疾苦，
见世面，
大学堂。
沃土根扎，
大地炎凉系，
热血衷肠。
任天涯海角，
飞翰话沧桑。
笔下翻江，
慨而慷。

恰新时代，

烽烟旺，
皇冠落，
战鼓昂。
白宫霸，
红场倾，
大旗扛。
有希望！
解放全人类，
荆棘乱，
道途长。
读经典，
磨神剑，

虑兴亡。
铸就赤肝侠胆，
笑狂浪，
蓄锐藏芳。
待阴霾扫去，
天下尽春光。
巧扮新妆！

一九六八年

【注】

【送友远征】一九六八年开始，中学生陆续上山下乡。几位好友分赴陕西、内蒙古、山西、黑龙江等地插队。同学之间频频书信来往，仍热血方刚，共同制定了『时代·使命·准备』的读书大纲。

江城子·送学友赴内蒙古

征南闯北走东西。
故乡离，
笑声稀。
海阔天空，
骏马奋扬蹄。
纵使风沙扑面起，
行万里，
道难迷。

险峰方领众姿奇。
借天梯，
上云霓。
无限风光，
鸿鹄视天低。
待到祖国召唤日，
谁胆赤，
怕熊罴？

一九六九年三月

【注】
【送学友赴内蒙古】一九六八年年中开始，中学生陆续上山下乡。这里为赴内蒙古生产建设兵团的北京四中同学而作。

江城子·与友游园

春风洗绿约朋来。
跻芳崖，
叙情怀。
两度同窗，
三友稚无猜。
雨雨风风又七载，
根未败，
叶不衰。

知春亭畔望春台。
燕双排，
柳新栽。
雨露阳光，
细细润芽开。
再聚故园谈笑日，
添异彩，
树成材。

一九七三年五月

【注】
【与友游园】一九七三年五月二十六日与北京四中两度同窗（初中三年，高中三年）的两位好友携伴同游颐和园，泛舟，登山，忆往事，叙将来。

七绝·同窗聚会

别离卅载又相逢，
各展才华自不同。
时尚虽然多变幻，
为人做事乃校风。

一九九五年十月

【注】

【同窗聚会】作者于一九五九—一九六五年在北京四中读书。一九九五年十月，原高三·一班部分学友聚会于密云水库畔，共叙友情。

【为人做事乃校风】『勤奋、进取、严谨、朴实』的四中校训，感染、培养了一代又一代的四中学友。几十年过去了，时尚变化了，但这种四中精神仍然融化在为人做事之中。

七律·至友

少小相识在校园，
轻舟学海奋当先。
心中大道同求索，
脚底崎岖共苦甘。
淡若泉流堪致远，
意由神会岂须言。
事逢难处凭谁问，
又是彻谈到日悬。

一九九七年

【注】

【至友】极好之友。与北京四中几位同学，相识相处三十余年，友谊笃深。风风雨雨，同忧同乐，真诚以待，相互帮助，堪为至友。诗以记之。

五律·饭后漫步

柳绿海风柔，
茶余信步游。
引经评古训，
感慨数今忧。
笑语随风去，
倦容逐水流。
偷闲难片刻，
旋即伏案头。

一九九八年

【注】

【饭后漫步】一九九八至二〇〇三年在国务院办公厅工作期间，每日午饭之后，同事相伴，在中南海岸边散步，海阔天空，笑谈无拘，稍事放松，旋即伏案。

五律·赠友

推门穿碧镜，
举目揽清晖。
厅阔银光溢，
扉镌紫气吹。
芸窗藏淡雅，
兰室满芳菲。
韵汇中西古，
匠心当问谁。

二〇〇二年

【注】
【芸窗】书房。
【兰室】小女闺房。
【匠心当问谁】画家友人为旧居装修精心设计，素朴明快，甚为惬意而作。

七律·奉和友人

同桌五载畅吟吟，
醇酿清馨久愈深。
论古谈今天下事，
欢声笑语自然人。
流连漫步听良诲，
难舍对斟伴挚君。
三月乘风偕绿去，
神州处处尽留春。

二〇〇三年春节

【注】

二〇〇三年初作者将离开国务院办公厅赴国家发改委工作。同在一个餐桌五年的时任中央外事办公室主任刘华秋同志赋诗相送，作者和之。

浣溪沙·学诗

步郑欣淼同志词原韵

翰海漫吟本后生，
八音五味自心鸣，
江山万里梦牵萦。
泣鬼从来无巧策，
惊风只为有真情，
字敲句炼又三更。

二〇〇五年二月十八日

【注】

【步郑欣淼同志词原韵】郑欣淼同志原词为：『揽胜每催佳句生，感时辄有不平鸣，墨香一帙大千萦。妙手已知多善策，锦心方见富吟情，推敲余味记三更。』

七绝·读《屈骚流韵》四种

心吟神悟绎骚篇，
热血悲歌恸九天。
屈子归来应有幸，
众人提日照辕前。

二〇〇六年一月

七绝·大觉寺玉兰节沈鹏先生诗词研讨会有感

古刹黄钟润耳时，
玉兰闻放化新诗。
千年老树缘犹绿，
代有春风每染枝。

二〇〇六年三月

【注】
【大觉寺】位于北京西郊旸台山麓，始建于一〇六八年。内有树龄愈三百年堪称京城玉兰之最的玉兰树。每年四月举行玉兰节。

五律·读沈鹏《三余诗词选》并步其赠诗原韵

三余读恨晚，
景慕肃然生。
一纸真心话，
八方细雨声。
感时怀远虑，
作嫁淡虚名。
废草三千后，
雕龙腕底升。

二〇〇六年五月八日

【注】

【步其赠诗】沈鹏先生原诗为：『识君欣未晚，把卷晤平生。笔底家常话，人间风雨声。庙堂忧百虑，江海远浮名。案牍劳形后，才思逐夜升。』

【作嫁淡虚名】沈先生曾长期从事美术编辑工作。有诗云：『为人作嫁心头热，处事无私天地宽。』

【废草三千后】沈先生有诗云：『废纸千张犹恨少，新诗半句亦矜多』，『波澜那得生奇谲？穷问三千废纸堆。』

七绝·参加第三届快哉雅集草书诗词笔会

问路寻芳步殿堂，
惊蛇醉剑嗣颠张。
弥香老墨沾新笔，
快取风流入锦囊。

二〇〇六年十一月

【注】唐代书法家张旭，以狂草著称，史称『颠张』。

七绝·奉答沈鹏先生《戏赠马凯》

李戴张冠恍惚间，
掠人之美坐难安。
大家风范一挥了，
道我心声亦是缘。

二〇〇六年十一月

【注】

【奉答沈鹏先生《戏赠马凯》】由于编辑的粗心大意，将沈诗误为马诗，刊登在《中华诗词》二〇〇六年第十期。作者发现后，即告知沈鹏先生。隔日，沈先生寄来《戏赠马凯》云：『马凯同志见告，有拙诗发表时误刊入马诗。语至恳切。』全诗为：『难得糊涂入美谈，鲁鱼熟个细参探。毫厘目察君千里，异曲同工北调南。』

【道我心声亦是缘】被误为马诗的沈诗，题为《夜读》，云：『此地尘嚣远，萧然夜雨声。一灯陪目读，百感警兼程。絮落泥中定，篁抽节上生。驿旁多野草，慰我别离情。』虽误为马诗，但亦道出作者心声，这种『误』也是一种『缘』。

七绝·贺孔丹六五生日

半生长卷已斑斓，
更有殊才上笔端。
最是较真终不改，
难得本色任天然。

二〇一二年五月

【注】
【孔丹】北京四中同学。中国国际信托集团公司原董事长。

七绝·贺安民、淮安红宝石婚

共付家国双胆照，
相随形影两心仪。
四十年矣情难忘，
金钻婚兮人不奇。

二〇一二年五月

【注】
【安民】北京四中同学。国家商务部原副部长。

七绝·孔栋六五志贺

半生长卷也斑斓，
若水不争品自端。
大吕低声浑厚远，
清风朗月总悠然。

二〇一三年九月九日

【注】
【孔栋】北京四中同学。中国国际航空集团公司原董事长。

五律·致海棠雅集诗友

王府悬明月，
海棠催赋生。
引吭听润雨，
落笔遣东风。
得句随情溢，
和诗逐兴升。
清醇人自醉，
天籁共心声。

二〇一四年三月九日

【注】

恭王府海棠雅集，最初由清代恭亲王所建，是文人雅集交游之场所。在辅仁大学期间，更是名噪一时，后渐歇。二〇一一年初，在国内学者倡导下，恭王府重启『海棠雅集』，每年举办，成为国内重要的诗词雅集活动。

七绝·安民七十志贺

斑斓长卷写惟真，
圆梦金瓯寄此身。
路见不平谁亮剑，
铮铮铁骨有斯人。

二〇一五年

【注】
【金瓯】金的盆盂，比喻国土之完固。安民同学从事港澳台经贸工作。

七绝·陈元七十志贺

家风相继自斑斓，
内外开发别有篇。
但爱攀峰堪望远，
应惜社稷少斯贤。

二〇一五年

【注】
【陈元】北京四中同学。全国政协原副主席，国家开发银行原董事长。

七绝·赠江南

人高不是最斑斓，
心善都说好人缘。
岳麓山头观自在，
绿洲一片望江南。

二〇一五年

【注】
【江南】刘江南，友人。

七绝·贺袁宝华老校长百年华诞

百年长卷尽斑斓，
戎马兴邦三百篇。
更有李桃花竞放，
同期茶寿仰高山。

二〇一五年

【注】
【袁宝华】原中顾委委员，中国人民大学原校长。
【茶寿】有云：『何止于米，相期于茶』，指一百〇八岁。

七绝·贺卫兴华老师九十华诞

九十长卷为兴华，
桃李芬芳映晚霞。
任尔东西风南北，
攀峰不止自成家。

二〇一五年

【注】
【卫兴华】中国人民大学原经济系主任。作者读研究生时的导师。中华人民共和国成立七十周年之际，被国家授予『人民教育家』国家荣誉称号与『最美奋斗者』荣誉称号

七绝·同贺班友七十华诞

七十难忘是当年，
大道同求校友缘。
共为河山添碧绿，
陶然颐养续斑斓。

二〇一六年

【注】

作者于一九五九—一九六五年在北京四中初中、高中学习。同班同学大都为一九四六年出生。二〇一六年聚会时同庆七十岁生日。

七绝·贺黄老九五大寿

传奇长卷尽斑斓，
神笔天刀醉欲颠。
满腹妙思泉自涌，
耄耋依旧老童顽。

二〇一九年七月三十日

【注】

黄永玉老先生，生于一九二四年农历七月初九，湖南湘西凤凰人。自传体小说《无愁河的浪荡汉子》，已完成六卷二百多万字，写至一九四七年到达上海。传奇一生，仍在续写，可圈可点比比皆是。黄老奇才，诗歌、小说、散文、绘画常有神来之笔，木刻、雕塑、制壶、剪纸常借天工之刀。为画为文，奇思妙想，信手拈来，泉涌不止。虽九五岁高龄，起行健铄，笔耕不辍，谈笑风生，永远给人以快乐。

七绝·贺叶嘉莹先生归国执教四十周年

根归热土乘长歌，
月伴迦陵漫咏荷。
翠盖摇风心底叩，
花开莲现问谁泽。

二〇一九年八月二十五日

【注】
【长歌】叶嘉莹先生归国执教前曾作长诗《祖国行长歌》。
【迦陵】叶先生字迦陵。在天津南开大学校园中建有叶先生治学执教的『迦陵学舍』。
【花开莲现】《妙法莲花经》有云：『花开莲现，花落莲成。』

七绝·读赵康日记有感

随心顺手记斑斓，
大漠京城俏几篇。
笔底家常留信史，
甜酸苦辣自悠然。

二〇一九年九月

【注】
【赵康】北京四中同学。北京市首开集团原董事长。自上世纪六十年代起，坚持写日记五十多个春秋，主要记有内蒙古生产建设兵团生活和北京市城市建设工作。

七绝·贺刘老轩亭先生百年华诞

百年足迹泛斑斓，
提领悬壶济世间。
犹有后生风采续，
更期茶寿在眼前。

二〇二〇年元月

【注】

【刘轩亭】中国人民解放军总医院原院长。

揽胜篇

七律·兰亭探游

流觞曲水竞高歌，
醉笔兰亭冠墨河。
剑舞云游随惬意，
泉奔龙走任欢波。
势斜反正山旁树，
欲断还连池上鹅。
但把永和神韵借，
新毫也敢试婆娑。

一九九九年二月

【注】

【醉笔兰亭冠墨河】王羲之微醉之中为诗集挥毫作序，写下著名的《兰亭序》。据宋朝桑世昌《兰亭考》记载：『是时疑有神助。及醒后，他日更书数十百本，终不及。』《兰亭序》被后人誉为『天下第一行书』。

【势斜反正山旁树】斜、正互衬，恰到好处，是王羲之书法之美的要义之一。画诀有云：『树木正，山石倒；山石正，树木倒。』

【欲断还连池上鹅】断、连得体，一气呵成，是王羲之行草之美的又一要义。兰亭内的鹅池旁有『鹅池』碑。相传『鹅』字系王羲之一笔而成，『池』字由王献之从容续就，父子合璧，千古称奇。

【永和】《兰亭序》首句为『永和九年……』故《兰亭序》墨迹亦称《永和帖》。

七绝·寻访杜甫草堂

轻叩蓬门曲径寻，
侧听茅屋绕梁吟。
人间寒士犹多在，
心底诗人当永存。

一九九五年

【注】

【轻叩蓬门曲径寻】蓬门：草堂院落之大门；曲径：入蓬门去草堂途经的一条栽满花木的幽径。杜甫《客至》：『花径不曾缘客扫，蓬门今始为君开。』

【侧听茅屋绕梁吟】杜甫居草堂时写有《茅屋为秋风所破歌》，其中有千古名句：『安得广厦千万间，大庇天下寒士俱欢颜，风雨不动安如山！呜呼！何时眼前突兀见此屋，吾庐独破受冻死亦足。』

七言排律·南阳武侯祠感怀

襄阳南阳何须争，
诸葛孔明本同名。
清潭澈见卧龙影，
静谷远听羽扇声。
隆中一对天下定，
出师两表世人惊。
巧借周郎攻赤壁，
妙遣司马守空城。
令如山倒街亭泪，

兵求心服古台情。
用人不疑疑不用，
行事必慎慎必行。
改章革制民厚望，
治水屯田谷丰登。
瘁尽终身思良相，
死而永生仰忠丞。

一九九七年

【注】

【襄阳南阳何须争】相传清朝南阳知府顾嘉蘅，因其祖籍为湖北，有人故意用『孔明隐居在襄阳还是南阳』的问题为难他。他既不想伤害家乡父老，又不愿得罪当地臣民，写下一副对联『心在朝廷，原无论先主后主；名高天下，何必辨襄阳南阳』。此联现悬挂在南阳武侯祠大殿门柱上。

【清潭澈见】【静谷远听】诸葛亮《诫子书》：『非淡泊无以明志，非宁静无以致远。』

七古·怀远祭禹

牵来淮涡一江水，
劈出荆涂两岸山。
策马柴门鞍未下，
蛟龙不缚岂能还。

一九九三年

【注】
【怀远】安徽省怀远县。大禹在此治水，娶妻生子。
【淮涡】淮为淮河，涡为涡河。大禹治水，引两水交汇于怀远。
【荆涂】荆为荆山，涂为涂山。相传大禹劈一山为二，左为荆山，右为涂山，隔淮对峙，淮水中流。涂山绝顶处建有禹王宫。

五言排律·都江堰感怀

每临都江堰，
心涛总难平。
华夏此壮举，
人类古文明。
先人独慧眼，
神斧巧天成。
鱼嘴分岷江，
枯盛皆由人。
灌口引来水，

进排自掌门。
郎侍溢洪道，
沙水各有循。
作堰正好低，
淘滩恰到深。
遇弯则截角，
逢正即抽心。
沃野千顷地，
惠泽万代民。
功德同日月，
治水训古今。

一九九七年

【注】

【都江堰】位于四川省成都平原，是战国后期秦国蜀郡守李冰在古蜀国的治水工程，是迄今为止人类史上最古老的无坝引水工程，渠首枢纽由鱼嘴分水堤、宝瓶口、飞沙堰溢洪道三大工程组成。

【鱼嘴】古称壅江作堋，是都江堰渠首顶端的分水工程。其顺横江面，状如鱼嘴，将岷江分为内外两江。枯水期，多引水入内江而使灌区不旱；盛水期，多泄洪流外江而使灌区不淹。由于鱼嘴巧妙分江，时称水旱由人。

【灌口】宝瓶口的古称。相传是李冰在玉垒山末端凿开的一个缺口，宽约二十米，其既能作为进水口引内江水入灌区，又宛如一座石门可以挡住过量洪水。因开凿缺口而形成与原山分离出的大石堆，又称『离堆』。

【郎侍】即飞沙堰，是紧接鱼嘴分水堤尾部的溢洪道，在整个工程中起分沙、排沙作用。

【作堰正好低，淘滩恰到深】『深淘滩、低作堰』是千古依循的治水『六字诀』。深淘滩，是指宝瓶口前的河床，其岁修淘挖要有恰到好处的深度，以埋在江中的卧铁为准；低作堰，是指飞沙堰不宜做得过高，过高不利于泄洪排沙，过低又会使宝瓶口进水不够。

【遇弯则截角，逢正即抽心】『遇弯截角，逢正抽心』亦古传治水『八字箴言』，即指遇到河流弯段，在凸岸淘挖沙滩，使弯道取直，减轻主流来水时对凹岸的冲刷；遇到顺直河段，对其中心淤滩则应疏深河槽，使水归中流。

七绝·登岳阳楼

四水汤汤汇洞庭，
名楼鸟瞰大江横。
万家忧乐收心底，
千古文章震耳鸣。

二〇〇三年四月

【注】
【千古文章】范仲淹所作《岳阳楼记》全文三百六十余字，字字珠玑，句句铿锵，文情并茂，气势磅礴，尤以『先天下之忧而忧，后天下之乐而乐』句名传千古。

采桑子·观云居寺石刻

一锤一錾沧桑送，
不是愚公。
恰似愚公，
六代千年旷世功。
经石万块绵延列，
不是长城。
恰似长城，
一样丰碑寰宇中。

二〇〇四年六月

【注】

【云居寺石刻】始建于隋唐时期。隋大业年间，僧人静琬开创刻经的壮举，历经隋、唐、辽、金、元、明六个朝代，达一千零三十九年之久，共刻佛经一千一百二十二部，三千五百七十二卷，一万四千二百七十八块，共计三千五百余万字，无一错字漏字。

五律·漓江行

细雨驼峰翠，
微风扁叶悠。
云开江揽胜，
雾绕岭含羞。
有水皆明镜，
无山不蜃楼。
一湾一道景，
摇橹画中游。

二〇〇一年五月

七律·瘦西湖游

瘦西湖畔泛舟游，
借取春风信手留。
一棹荡开两岸绿，
几弦唤出百花稠。
烟云雾柳朦胧画，
曲水回廊错落楼。
难怪骚人多聚此，
诗中美景竞相收。

一九九二年

五言排律·黄山行

难得三人行，
同登黄山峰。
昨夜君唤雨，
今朝我驱风。
雨退留雾霭，
风过展晴空。
先浮云雾里，
又穿煦阳中。
雾去探雄角，

云来掩羞容。
远山飘银雪，
近水映翠松。
仰首望雄狮，
低眉数卧龙。
飞索横空挂，
云梯傍山通。
巧斧削怪石，
妙笔写奇嵩。
连理树根固，
同心结意浓。
添彩燕舞曼，

增色凯歌融。
黄山美永驻，
仨人乐无穷。

一九九九年春节

【注】
【难得三人行】由于工作、学习繁忙，作者与夫人、女儿一年到头难得一起出游。一九九九年春节，同游黄山，感慨系之。
【昨夜君唤雨，今朝我驱风】当晚抵黄山住北海宾馆，几月未下雨的黄山不巧逢雨，戏言雨是由昨夜赶来的汪同志带来的。但第二天，却风来雨停。
【雄狮】指狮子峰。站在北海宾馆远观此峰，酷似雄狮，高卧于白云之巅。
【卧龙】黄山古木，盘根错节，犹为一条条坐地游龙。
【飞索横空挂】东海索道全长两千八百多米，一线贯长空，万壑有奇观。
【云梯傍山通】古登山小道，依山盘旋，步步入云。

【巧斧削怪石】奇石怪峰是黄山一绝，所谓『无峰非石，无石不奇』，如雕如刻，天工使然。

【妙笔写奇嵩】指妙笔生花峰，又名笔峰。此景在散花坞中，一根石柱，好似一支巨大的毛笔，其顶生一奇松，恰似笔锋，天造地设之奇观也。

【连理树】指连理松，在去始信峰的途中，双干同根，挺拔入云。

【同心结】在天都峰和西海门的护栏铁索上，锁着密密麻麻的『连心锁』，其钥匙被一对对情侣扔进深谷，以表示永不改变之爱心。

七律·初游九寨沟

巧逢九九重连九，
久愿今偿九寨游。
古柏苍松齐天绿，
梯湖飞瀑抱山流。
七颜树下难移步，
五彩池中好泛舟。
仙境何须寻梦里，
一游九寨再无求。

一九九九年九月九日

【注】

【巧逢九九重连九】一九九九年九月九日上午九时出发到九寨沟，如入仙境，众人皆兴致勃勃，有感而发。

【梯湖飞瀑抱山流】九寨沟有大小湖泊一百一十四个，多为梯湖，湖下有瀑，瀑泻入湖，相衔相依，环山湍流。

【五彩池】指五花海，九寨沟最艳丽的湖泊。海拔两千四百七十二米，深五米，面积九万平方米。同一水域，却呈现出鹅黄、墨绿、湛蓝、藏青、浅红等色，五彩斑斓，变幻莫测。

天净沙·丽江游二首

大研古城

石桥木府竹楼，
小街水巷清流。
唐乐宋筝今奏。
古城依旧，
却看春闹枝头。

玉龙雪山

松裙雪髻烟绡，
玉肌冰骨云腰。
脚下奇峰绝峭。
群山皆小，
手伸人比天高。

二〇〇〇年十月

【注】

【大研古城】始建于宋末元初。古城西北靠山，东南开阔，主街傍河，小巷临渠，彩石铺路，木架轻履。

【唐乐宋筝今奏】纳西古乐，古朴、清纯，余韵无穷。

【玉龙雪山】位于丽江，主峰海拔五千五百九十六米，属北半球最南端的现代冰川。东望十三峰似龙卧云。

七律·随行张家界金鞭溪

林海苍茫耸峻峰，
幽峡深壑蜿蜒行。
石拔木挺争空破，
鸟语溪潺共谷鸣。
一路茂林堪蔽日，
两厢天柱欲接星。
杜鹃丛里人陶醉，
最是惊逢夹道迎。

二〇〇一年四月

【注】

【金鞭溪】张家界著名景区，因擎天竖立的金鞭岩而得名。溪水绕山柱而曲行。

七律·春游北京植物园

东风一夜绿山坡，
花海人潮竞比多。
翠柳千条枝舞媚，
绯桃万簇浪翻波。
香摇麝气袭心醉，
色泛金光望眼夺。
盛世游人春满面，
纵无彩笔也高歌。

二〇〇一年四月

七律·呼伦贝尔草原红花尔基林场行

驱车百里伴春游，
泛绿大荒哪见头。
采气悠哉他你我，
踏青乐也马羊牛。
深山老树双人抱，
绝顶苍林一眼收。
却叹那边秃几片，
新妆不换岂甘休。

二〇〇一年五月

七律·登泰山

玉皇顶上拂云去，
老丈石前揽日来。
布子排峰棋信手，
挥毫抹绿画由才。
九霄大殿通天地，
万仞摩崖论盛衰。
又送千江东入海，
无垠宇宙尽收怀。

二〇〇二年二月

【注】

【玉皇顶】又名「天柱峰」，泰山的最高峰，也是古代帝王登封之所。

【万仞摩崖论盛衰】泰山从山脚到绝顶，云路天梯摩崖题名石刻应接不暇，自秦至今，代代相传，记录着中华民族的发展过程，既是一部名副其实的「石头书」，又是一座「露天书法博物馆」。

七律·春游灵岩寺

泰山登罢宿幽林，
爽气袭人醉客魂。
塔古僧高皆故事，
碑残字断尽风云。
石雕起舞姿羞凤，
彩塑欲言目传神。
满树晨曦梢吐绿，
唐松汉柏正逢春。

二〇〇二年二月

【注】

【灵岩寺】位于泰山主峰西北约二十公里处、灵岩山南坡。灵岩山又名方山，《水经注》称玉符山，明代著名文学家王士贞云『登泰山不游灵岩不成其游』。

【塔古僧高】灵岩寺西有历代住持高僧墓塔一百六十七座，墓志铭八十一块。

【彩塑欲言目传神】寺中千佛殿内回壁台座上置四十尊罗汉彩色泥塑，为宋、明之作。技法精湛，神态各异，喜怒哀乐，栩栩如生，梁启超称其为『海内第一名塑』；刘海粟题：『灵岩名塑，天下第一，有血有肉，活灵活现。』

清平乐·壶口观瀑

黄龙天泻，
猛虎翻腾跃。
贯耳霹雷峡欲裂，
万马千军奔切。
卷沙裹浪挟风，
喷烟吐雾飞虹。
壶口一收直落，
排山夺路向东。

二〇〇二年四月初

【注】

【壶口】黄河壶口瀑布，位于山西省吉县与陕西省宜川县之间。黄河在流经吉县龙泚附近时，河床猛然由四百米的宽度收敛为五十米，滔滔万顷黄水，呈茶壶注水之势，直泻而下，形成瀑布。《尚书·禹贡》曰：『盖河势北来，至此全倾于西崖之脚，奔放而下，约五六百尺，悬注漩涡，如一壶然。』

七律·游袁家界

濛濛细雨探奇峰，
漫步天梯上九重。
云往云来藏峻秀，
雾弥雾散露峥嵘。
深渊万丈桥飞壑，
大笋千根柱砥空。
叠嶂翠屏天作画，
无由不信有神工。

二〇〇三年十月五日

【注】

【袁家界】张家界森林公园的北部。后依群峰，正瞰幽谷，山剑森列，层峦叠嶂。

【深渊万丈桥飞壑】在袁家界有一座宽仅三米、厚五米、跨度约五十米、相对高度达三百米的天然石板飞架两峰之上，气势如虹，人称『天下第一桥』。

七绝·春日游岚山

又是岚山细雨时，
和风携绿上新枝。
樱花争放谁来了，
大地冰融万物知。

二〇〇七年四月

【注】
【岚山】位于日本京都市区以西。立有周恩来总理所作《雨中岚山》诗碑。

虞美人·埃及古谜

狮身人面情谁晓？塔秘藏多少？太阳神舰驶何方？法老安然一觉睡多长？

千年求索谜仍在，只是寻者改。当疑璀璨有天工，更信人识自己破题中。

二〇〇二年四月

【注】

【狮身人面】著名的狮身人面像，又称『斯芬克司』，位于埃及开罗市西距胡夫金字塔约三百五十米。

【塔秘藏多少】埃及金字塔位列世界古代七大奇观之一，是古代埃及法老为自己及王后建造的陵墓。建造之谜至今尚未破解，其中蕴藏着一套相互联系至今无人破译的关于度量衡及天文、数学、几何和宇宙的信息。

【太阳神舰】太阳船是古埃及胡夫法老生前使用的一艘御船。古埃及尊太阳为创造万物、主宰一切的真神。法老渴望享受太阳神的永恒生活，因而仿制太阳船，置于金字塔旁。以便死后其灵魂与太阳神一样，乘船遨游太空。

【法老安然一觉睡多长】人死后经过特殊处理尸体不腐，称为木乃伊。在埃及国家博物馆珍藏着二十七具法老和王后的木乃伊，虽距今已三千多年，但其皮肤和毛发清晰，安然静卧，容貌与常人无大差别。

江城子·博斯普鲁斯海峡大桥

双峡自古扼咽喉。
看群舟，
竞争流。
欧亚青山，
对望慕鱼游。
何日飞虹凌海架，
一步跨，
梦中求。

而今钢柱耸桥头。
挂长绸，
贯两洲。
车马如梭，
丝路正方遒。
东往西来通无有，
黄白黑，
各千秋。

二〇〇二年四月十八日

【注】
【双峡】指博斯普鲁斯海峡与达达尼尔海峡，是黑海沿岸国家出外海的唯一通道。横跨海峡的博斯普鲁斯大桥连接欧亚大陆。

七律·游新西湖

泛舟穿雾觅新湖，
烟笼楼阁显却无。
九曲清流桥下绕，
一双鸳鸯水中逐。
长笛信奏歌翻柳，
小舍闲读院跳蜍。
若是陶公今尚在，
移居此畔好结庐。

二〇一〇年

七绝·延春先生赠摄影集题记

碧海苍穹梦幻行，
荷羞鹤舞俩卿卿。
镜中妙趣难逃眼，
一摁瞬间遂永恒。

二〇一三年

七绝·黄山同心锁（结）叹观

比翼飞来连理松，
同心锁挂天都峰。
相思豆洒情人谷，
万绿钗头点点红。

二〇一三年八月

七律·游黄永玉凤凰老居『夺翠楼』

青石深巷自通幽，
侧壁斜梯吊脚楼。
门缝推开三面绿，
榭台俯眺一江流。
曾疑一篙洞庭下，
始信五箪宿墨留。
试问残墟缘夺翠，
又是妙笔画中钩。

二〇一九年四月三日

【注】

【夺翠楼】系黄永玉老在凤凰古镇沿江半坡上一处老居。原为猪厩，后废弃，无人问津。黄老改建为此吊脚楼，与古镇风情融然一体，成为凤凰古镇的新的独特风景线。其楼，斜挂在山坡上，楼梯窄狭，推门而进豁然开朗。门庭内有『如坐画图』横匾，两边是黄老所书之对联：『五箪留宿墨，一篙下洞庭。』

七绝·登临长白山天池两首

其一

火去水来天液生，
悬湖绝壁瀑飞腾。
三江一脉泽千里，
从此关东入画行。

其二

云缭雾绕掩真容，
十次登临九次空。
日月同辉天开眼，
原来碧镜立苍穹。

二〇一九年七月二日

【注】
【火去水来】长白山天池为中国最大的火山口湖。
【三江一脉】松花江、图们江、鸭绿江三江之源共聚天池周边。
【日月同辉】当日登顶，巧逢日月同辉，碧湖照人。

五律·游鸣沙山、月牙泉

天边追落日，
古道觅驼铃。
大漠一湾嵌，
微风五色鸣。
沙飞不犯水，
泉涌总充盈。
谁解相安事，
天工乃自成。

二〇一九年八月二日

【注】

鸣沙山处腾格里沙漠边缘，敦煌市南郊七公里，延绵四十公里，面积约二百平方公里，由五彩沙滩堆成丘岳，微风吹来或人滑下时，可听到沙鸣声。月牙泉位于鸣沙山北麓，长约二百米，宽约五十米，形若月牙，清澈如镜，宛如镶嵌在沙海中的一颗半月翡翠。最奇特的是，『鸣沙山』的沙不犯泉水，『月牙泉』的水永流不竭，沙泉共处，相伴相容，妙造天成。

五绝·雄关今貌感怀

大漠雄关今尚在，
羌笛杨柳已和吟。
玉门岁岁春风度，
嘉峪城头尽故人。

二〇一九年八月三日

七绝·游麦积山石窟三首

悬窟

孤峰翠柏袅炉烟，
绝壁悬窟挂半山。
幸有云梯腾紫气，
扶摇送客觅飞天。

石佛

飞天绕我舞蹁跹，
侧耳群佛正论禅。
秀骨清容兴北魏，
唐丰宋润亦飘然。

小沙弥

似开似闭目神传，
欲翘还羞小嘴边。
蒙娜丽莎谁媲美，
东方一笑早千年。

二〇一九年八月

【注】
【小沙弥】麦积山第一百三十三窟中有一小沙弥塑像，童真无邪，笑容含蓄神秘，被誉为『东方的微笑』，比蒙娜丽莎早一千二百年。

青玉案·春夏秋冬四首

寻春

春天悄悄生何处？
乘归燕，
新芽住。
踏草寻芳香引路。
俏了杏花，
忙了布谷，
惹得群蜂舞。

开河顺水移舟渡，
暖地催苗破土出。
借得昨宵丝润雨。
吮了甘露，
绿了千树，
何处无春驻？

一九八一年春

消夏

骄阳烈烈消何处？
小桥外，
深山住。
茂木遮空无影路。
蹚着清涧，
傍着幽谷，
碧草习习舞。
亭间坐看云飞渡，

溪畔卧听曲流出。
不废洗天催赋雨。
得陶然句，
乘连荫树，
心静何炎驻。

二〇〇二年夏

迎秋

秋风飒飒留何处？
染红叶，
香山住。
吹落黄花洒满路。
沾了白露，
熟了金谷，
伴雁南飞舞。

帆扬仓满穿梭渡，

菊展姿奇婀娜出。
夕照长虹七彩雨。
红了苹果，
弯了梨树，
白发喜颜驻。

一九八一年秋

【注】
【染红叶，香山住】香山位于北京西郊。陈毅元帅有诗云：『红叶遍西山，红于二月花。』

送冬

琼花袅袅飘何处？
漫无际，
梨枝住。
满目茫茫难见路。
皓弥云海，
素装群谷，
谁持银绸舞。
风寒自有梅香渡，

夜尽正迎太阳出。
雪化冰融犹胜雨。
沃了荒野，
醒了眠树，
只待春回驻。

二〇〇二年冬

附录

《马凯集》自序

一九四六年六月，我出生在山西省兴县八路军的一个医院里。为了纪念抗日战争的胜利，父母给我起名为『凯』，后来才知道唐人宋之问有诗云：『闻道凯旋乘骑入，看君走马见芳菲。』出生后不久，我被寄养在老乡家中。老乡待人很好，但毕竟太穷，每天只能吃些黑枣面做的糊糊，我浑身发青，死活难辨，有人甚至劝老乡把我扔到野外算了。但好心的老乡辗转找到了我父母。一岁多我又重新回到父母身边，不久便迎来了祖国的解放，也算是生还逢时吧！

一九五三年入西安市西北保育小学就读，一九五五年随父母来到北京继续读小学。一九五九年考入北京四中，一九六五年高中毕业后，因病未参加高考，留在北京四中任教，直至一九七〇年底。十一年在四中的学习、工作，对我一生的成长起了奠基的作用。勤奋、进取、严谨、朴实的四中传统，潜移默化地感染着我、培育着我。她不仅给了我较为扎实的基础知识，更为重要的是给了我获取和掌握知识的独立能力。

一九七一年开始，下放到北京市郊区的『五七』干校劳动。平沙丘、修水渠、插稻秧、割小麦、起猪圈、拉粪车，整整干了两年。一九七三年由干校调到北京市西城区委党校任教，以教哲学、政治经济学为主，直至一九七九年考入中国人民大学。在干校和党校的九年，可以说是读书、思考的九年。面对『文化大革命』呈现出的种种疑云，我们几个四中至交，曾拟定了『时代、使命、准备』的读书、研究大纲。那时真有点像列宁对一九〇五年俄国革命失败后所描绘的那样：千百万人骤然从长梦中觉醒过来，一下子碰到许多极其重要的问题，他们是不能在这个高峰上长久地支持下去的，不免要停顿一下，不免要回转去复习基本问题，不免要经过一番新的准备工作，好『消化』那些极其丰富的教训。这就自然而然地、不可避免地要产生『重新估计一切价值』，从头研究各种基本问题，重新注意理论、注意基本常识和初步知识的趋向。大家拼命地读书、思考，有时通宵达旦地讨论，找寻思想武器，试图解开一个又一个疑团。记得，当大家读到马克思在《德意志意识形态》中写的『生产力的这种发展之所以是绝对必需的实际前提，还因为如果没有这种发展，那就只会有贫穷的普遍化，而在极端贫困的情况下，就必须重新开始争取必需品的斗争，也就是说，全部陈腐的东西又要死灰复燃』的时候，似乎一下子透过层层浮云，看到了『文化大革命』的悖谬所在。在这期间，我通读了马克思、恩格斯、列宁的主要著作，并教授过《反杜林论》《唯物主义与经验批判主义》《哲学笔记》（部分）等。特别是，大约有一年之久，几乎每天晚饭后要用一两个小时逐段逐节读《资本论》一至三卷。当时，一个突出的感觉是：自己深深被马克思的逻辑和方法征服了。这一个时期，哲学、政治经济学方面的读书和教学，对后来的研究和工作产生了重要的影响。

一九七九年考入中国人民大学政治经济学系，在徐禾、卫兴华、吴树青诸导师门下当研究生。入学不久，便要求确立毕业论文的研究方向。当时，『文化大革命』刚刚结束，处于崩溃边缘的我国经济正在百业待兴。与此相应的，经济理论也正在拨乱反正。在实践标准、生产力标准重新确立的前提下，一些曾被视为资本主义东西的『商品』『利润』等被正了名。全国都在探索振兴经济之路，『计划与市场』问题、价值规律作用问题成了讨论的热点。当时我感到，无论是宏观调节还是微观搞活，无论是计划调节还是市场调节，价格都是『结合部』。同几位至交多次商量，研究方向确定为『社会主义价格问题』。没想到，这次研究生毕业论文题目的确定，竟决定了我此后研究和工作的方向。在研究生三年学习期间，我一下子深深地钻进『价格』之中，学什么课程，都同研究价格紧密联系在一起。在《资本论》课程中，侧重研究《资本论》中的商品、价值、货币、价格、成本、利润、平均利润、生产价格等与价格有关的一系列论述；在经济思想史的课程中，研究人类揭开价格之谜的认识史；在苏联东欧经济理论的课程中，则侧重研究其价格调整或改革的理论与实践；在宏观经济学和微观经济学的课程中，仍然侧重研究不同市场条件下价格形成和运动变化的问题等等。毕业前，顺利通过了题为《计划价格形成的因素分析》的硕士论文答辩。这篇论文，力图揭示当时仍占主体的计划价格的本质及形成、运动的规律，针对长期以来我国计划价格管理主观意志强又比较僵死的问题，说明计划价格也应当建立在价值规律的基础上，并受货币流通规律、供求规律以及社会主义经济其他规律的支配，应当变单一的固定计划价格形式为固定计划价格和浮动计划价格相结合的价格形式。这种对社会主义价格形成和运动的认识程度，是与当时的社会主义商品经济理论的成熟程度以及价格改革的实际进程相适应的。从方法论上，可以明显地看出马克思『从抽象上升到具体』的逻辑方法的烙印。

一九八二年研究生毕业后，虽然经过小的曲折，但最终如愿以偿，被分配到国家物价局物价研究所做研究工作，参加了国务院价格研究中心的理论价格测算和价格改革规划方案设计工作。『双渠价格』曾作为理论价格的一种方案进行过试算。

正当我想充分利用国家物价研究所和国务院价格研究中心的得天独厚的条件，潜心研究价格理论时，几位至友对我进行了『诊断』，劝我投身于实际的经济运行中去，增加一些『实感』。经过同『理论偏好』的『痛苦』斗争，我『下海』了。一九八三年到西城区人民政府工作，先是当计委主任，后又当副区长分管经济工作，广泛接触了一个地区的计划、财政、税收、物资、物价、劳动、工商行政管理以及集体经济等工作。一九八五年又调到北京市经济体制改革办公室任副主任，主持日常工作。参加了首都经济发展战略的研讨工作，在各方面的支持下，综合财政、税收、金融、投资等多方情况，研究、提出了首都建设资金的战略及具体政策措施，在首都的经济发展和建设事业中已显成效。这一年，正是中共中央《关于经济体制改革的决定》制定后，全面推进城市经济体制改革的第一年，全国迈出了放开猪肉等鲜活副食品价格以及完全放开计划外生产资料价格的步伐。我有幸被借调到国家物价局，参加了整个出台方案的调查、测算、研究的具体工作，从中了解了问题的提出、方案的多次变化和原因以及最后决策的全过程，开始真正懂得一些社会主义价格形成、运行和管理的实际特点，感受到了价格矛盾的交错、尖锐和复杂。

一九八六年三月，我又调任北京市物价局局长至今。在物价工作的第一线，在各种矛盾的『焦点』上，广泛接触了农产品、重工产品、轻工产品等价格以及多种服务收费，天天同代表各种不同利益要求的人打交道，解决了一批棘手的价格矛盾，又冒出一批新的价格矛盾。消费者要求稳价，生产者、经营者又要求涨价；一些人责备物价局是『涨价局』，一些人责备物价局是『压价局』，等等。短短的两年半时间，我饱尝了物价工作的『酸、甜、苦、辣』，但也逐步品出了中国物价问题之『味』。本文集收入的关于价格改革势在必行、关于价格改革的约束条件和地位作用、关于价格改革的目标模式和方式途径、关于价格改革中的物价上升和通货膨胀、关于价格改革中的收入补偿、关于价格改革中的观念更新等等问题的文章，或许能反映出其味之一斑吧！

六年来，在实际经济运行的海洋里游泳，一个重要的体会是：『纸上得来终觉浅，绝知此事要躬行。』从基层做起，在第一线操作，这对我继续从事价格理论研究已经并且还将继续发生重要的影响。社会主义价格形成和运行的实践不断提出许多新的问题，需要人们去不断探索。我并不认为本文集的所有观点都是正确的、完备的，但我相信它能反映出一个真诚的探索者的足迹。

最后，我还想说明的是，如果说近十年来，我之所以能在学业、理论研究和工作上有所长进，这里也凝结着我的妻子袁忠秀的心血。这不单是说，为了支持我的学习和工作，她担负了不算轻的家务，使我无后顾之忧地不断奋进，而且是说，过去作为一个深受学生们热爱的哲学、政治经济学教师，现在作为一家理论刊物的编辑，她在学业切磋、理论探讨以及文字润色上也常常能助我一臂之力。

一九八八年七月写于北京

《改革：参与和思考》自序

《马凯集》一九九一年出版至今已十年了。书中选编了我在上世纪八十年代所写的十八篇经济理论文章。记得是在一九九九年，热心的黑龙江教育出版社的领导和编辑提出，希望我在《马凯集》的基础上补充九十年代的文章后再出版一部文集。盛情难却，我允诺了。但由于公务缠身，两年过去了，一直未兑现。后来，忙里抽空，断断续续，几经筛选，现在新的文集——《改革：参与和思考》总算脱稿了。与《马凯集》比，原选入的八十年代文章减少了八篇，增补了九十年代的文章三十篇。《马凯集》的『自序』写到八十年代末，那么，续『自序』就从九十年代写起吧。

九十年代，是我国改革和发展史上极其不平凡的年代。这一时期，在经济体制改革方面，我们党总结了前十多年改革的实践，逐步确立了建立社会主义市场经济体制的改革总体目标，各个领域、各个方面的改革都取得突破性进展；在经济发展方面，我国经历了『治理整顿』末期的经济下滑、一九九三年下半年出现的一度『经济过热』以及到一九九七年成功地实现了经济『软着陆』，之后，又成功地抵御了亚洲金融危机的冲击；在经济理论方面，与改革和发展的实践相适应，我国经济理论界空前活跃，改革与发展的理论不断深化，在多方面也取得重要突破。

在这不平凡的年代，我有幸始终置身于改革和发展的第一线，亲身经历和观察了这一时期若干重大改革方案和发展谋略的出台背景、决策过程、实施中的碰撞以及实际效果等，收获甚大，感触良多。这些收获和感触，有些记录在这一时期写的一些文章中，有些则尚未来得及或尚不具备条件整理成文。这次增选的文章，大体反映了九十年代自己工作、学习和认识变化发展的脉络，或许从这个小小的方面，也可以反射出我国改革和发展事业以及与之相适应的经济理论发展之一斑。十年的时间是短暂的，但实践是丰富的。

一九八八年我离开了北京市物价局，调任国家物价局副局长，直至一九九二年。这四年，自己的工作从参与一个局部地区（北京市）的物价改革和管理工作，扩展到参与全国的物价改革和管理工作。当时分管价格综合司、农产品价格司、轻纺产品价格司、涉外价格司、价格法规司，主要研究价格宏观调控方面的问题，重大农产品、轻纺产品价格形成机制和价格结构问题以及涉外价格政策问题等。按照一手抓『调』（即有计划地调整不合理的价格，改善历史遗留下来的扭曲价格结构），一手抓『放』（即有计划地放开价格，逐步让价格从政府部门回到市场里去，在竞争中形成），价格改革不断取得重大进展。通过『放』，使市场形成价格的比重进一步提高。一九九二年底与一九八八年比，全国政府定价的比重，在农产品收购价格总额中由百分之三十七下降到百分之十二点五，在工业品出厂价格总额中由百分之六十下降到百分之十八点七，在社会商品零售总额中由百分之四十七下降到百分之五点九。通过『调』，使主要农产品、原油、煤炭、运输等基础产品价格偏低的矛盾逐步缓解。记得一九九一年和一九九二年，在国务院领导下，我们会同有关部门研究提出并经批准组织实施了调整城市居民口粮价格的方案，解决了三十多年积累下来的粮食购销价格倒挂的老大难问题，为取消粮票、放开粮食销价创造了条件。那时，人们无论是经济承受能力还是心理承受能力都还较低，『谈价色变』，但在国务院领导下，各地人民政府和有关部门共同努力，粮价改革方案实施相当顺利，当时有一家报纸斗大字的标题是『粮价改革，天动地不摇』。

一九九二年政府机构改革，国家物价局被撤销，中央政府物价管理职能并入国家计委，我也离开物价战线调任国家体改委副主任，直至一九九五年。这三年，自己的工作从参与全国的价格改革和管理工作，扩展到参与全国其他各领域的经济体制改革工作。按照委主任的分工，较多地参与了我国宏观调控体系、市场流通体制以及农村经济体制的改革。这一时期，收获最大的是，我更多地接触了中国的农村，粮、棉主产区几乎都去过，沿海发达农业区也去过，增加了对中国国情的实感。根据国务院的部署，组织十几个部门研究了粮食、棉花流通体制改革。基本结论是：我国粮食、棉花体制改革必须坚持市场取向，建立国家宏观调控下主要靠市场配置粮食、棉花资源的体制，但目标不能代替过程。改革的领导艺术在于：坚持方向，创造条件，实现平稳过渡。这一时期，还着重研究并积极推进了农村县域经济和小城镇的发展，较早提出『只有减少农民，才能富裕农民』。我深感，九十年代以后的农业、农村、农民问题，已经不可能仅仅通过农村自身来解决，而是需要超越农村和微观层次，通过在更大的范围实现城乡土地、劳动力、资金等生产要素的重新组合。通过加快发展小城镇，更大规模地转移农村富余劳动力，这是解决农村深层次矛盾的现实选择。为此，我们又联合十几个部门的同志，研究制定了促进我国小城镇改革和发展的总体思路和配套政策，并选择若干地方进行试点，取得一定成效。

一九九五年我离开了国家体改委，调任国家计委副主任，直至一九九八年。

这三年，我重新回到了物价战线，在委里主要分管价格调控、管理、监督检查工作。记得刚到计委工作时，由于我国出现『经济过热』，一九九三年和一九九四年连续两年发生严重的通货膨胀，全国零售物价涨幅分别为百分之十三点二和百分之二十一点七。面对这种形势，抑制通货膨胀成为这一时期国家宏观调控的首要任务，也成为物价工作的中心任务。经过全国上下的艰苦努力，我国成功地抑制了通货膨胀，其标志是：物价涨幅回落到合理水平，同时又保持了较高的经济增长速度。一手管住货币，控制总需求过快增长，特别是固定资产投资过快增长，一手增加有效供给，特别是大力加强农业，增加粮食等主要农产品的供给，是成功抑制通货膨胀的根本措施。物价战线的同志们正确分析物价走势及其原因，加强和改进物价管理，对成功地抑制通货膨胀也发挥了积极作用。这次选入当时写的几篇文章，试图对我国成功抑制通货膨胀的这一重要实践及其丰富的经验进行探讨。这一时期，在与通货膨胀斗争的同时，价格改革不但没有停顿，相反又有了长足进展。价格放开的范围进一步扩大，到一九九七年底市场形成价格在我国各类商品价格中已居绝对主导地位，价格结构也日趋合理。

在国家计委工作期间，除了分管物价工作，也分管委内财政金融司。计委的财政、金融工作，与财政部、人民银行等部门的工作角度有所不同，它不应也不可能代替财政、银行部门的职能和工作，它应更宏观、更综合。社会主义市场经济条件下的宏观管理，本质上是要实现从计划经济条件下的实物管理转向市场经济条件下的价值调控。在市场经济条件下，如果把整个经济运行抽象出它的物质外衣和社会关系，就可以简要地描述为各经济主体之间的资金交换关系，或者说资金流的运动过程：各经济主体之间的资金，此支彼收、此收彼支，相互联系、首尾相接，循环往复地运动着；在运动中，不断推动着经济总量的扩张、经济结构的改善、经济素质的提高以及经济利益的分配和再分配。在实际工作中，我深感对我国资金运行的分析、把握和调控存在一个明显的缺陷：大都是仅仅对某类资金（或财政资金，或信贷资金，或企业资金，或居民资金，或国外资金等）作单独考察，缺乏把它们联系起来从总体上把握，这不能不对宏观调控的针对性、有效性带来不利影响。为此，在委主要领导支持下，我商财政部、人民银行、统计局等单位联合成立了『全社会资金配置与宏观调控』课题组。经过近两年的研究，取得一些初步成果，主要反映在课题组的最终成果《中国社会资金研究》一书中。这次，收入了我写的开题篇。但总体上讲，这一重大课题，在我国还刚刚破题。

一九九八年三月新一届政府成立后，我又离开了国家计委，调任国务院副秘书长，从过去参与一个部门的工作到协助国务院领导同志，联系计划、金融、农业、林业、水利、国土资源、城建、环保等方面的工作，视野不断开阔。这近四年的工作，无论是广度还是深度，都是以往无法比拟的。由于工作性质和特点的原因，虽然这几年没有像在地方和部门工作时那样，能够经常独立地撰写一些文章，但在宝贵实践中学到的东西，思想修养、认识能力乃至理论素养的提高却是以往无法比拟的。这段时间，没有长篇大论的文章，但『抽闲』写了一些小诗小词。本文集选择了这段时间以及在这之前的诗词习作，权作对一九九八年至二〇〇一年文章空当的『补白』吧！

二〇〇一年十二月二十九日

知古倡今　求正容变

——在《缀英集》编辑出版暨中华诗词创作座谈会上的讲话

首先对《缀英集》的出版表示热烈的祝贺！《缀英集》是诗词界出版的一部品位高、质量高、历史厚重的力作。

我多次讲过，自己只是一个中华诗词的业余爱好者，或者说是一个中华诗词的『票友』。上中学的时候，一两角钱买了一本王力先生的《诗词格律浅说》，是我的启蒙读物。后来陆续有一些习作，在夫人和友人的怂恿下，也出了一本小集子。在这个过程中，我得到了很多诗界学长、诗友的指点和帮助。比如，前年我曾经专门拜访过袁行霈馆长，他给我很大的帮助，鼓励我写诗一定写出自己的风格，在国家经济发展第一线工作就要写出能够反映一线工作的重大题材。这对我鼓励很大。我还请教过入声字怎么处理的问题，袁先生也给我出了主意。今年抗震救灾期间，跟总理五次到灾区，感触很深，真有一种不吐不快的感觉，写了《抗震组诗（十首）》。草就后，我将诗寄给袁行霈、沈鹏、郑伯农、周笃文、杨金亭等老先生和胡振民等同志。他们非常认真给我提了很多建设性的修改意见，我觉得提得都很好。只举一个例子，第五首是《国旗半垂》，其中有两句原来是：『八万同胞一瞬殁，天何糊涂天之罪。』一瞬间八万人遇难了，老天爷怎么这么糊涂啊，犯下这么大罪过。袁先生建议把最后几个字改成『天何糊涂人何罪』。这两个字确实改得很好。我希望以后在座的和不在座的学长、诗友对我有更大的帮助。

当前，中华诗词在沉寂了一个时期后，已经从复苏走向复兴。这是一种历史的必然。首先这是中华诗词自身的魅力所在。中华诗词是以汉字为文字载体的诗歌。汉字本身是人类的伟大发明。它是有『四声』的方块字，把语言和音乐、字形和字义、文字与图画等绝妙地结合起来，这是以拼音为特征的其他文字所不可比拟的。发挥中国汉字这个特有优势写出的格律诗，具有内在的魅力，其内涵之深、形式之简、音韵之美、数量之多、普及之广、流传之久、影响之大，是许多其他文学形式难以同时具备的，也是世界上用其他文字创作的诗歌难以比拟的。中华诗词的复兴，以毛主席为代表的老一辈革命家、诗词大家有着不可磨灭的历史功绩，同时也有在座和不在座的中华诗词界同仁们的努力和奉献。现在全国中华诗词作者队伍有几百万之众，学诗、读诗、背诗、懂诗的更以亿计。全球学习汉语的热潮此起彼伏，学习汉语必然要学习中华诗词，体验汉语的魅力。我们对中华诗词发展的势头感到由衷的高兴。

在看到中华诗词发展的同时，也要有危机感。我多次呼吁，要认真反思『新体诗』走过的道路。老一代的诗人创作了很多脍炙人口的新体诗，我们这一代人是朗诵着这些新体诗长大的。然而一个时期以来，不是说没有好的新体诗，但许多新体诗越来越远离读者、远离大众，一些新体诗杂志订阅量急剧下降。格律诗要从中吸取经验教训。现在每年发表的格律诗达几十万首，但是会不会在繁荣过后也走下坡路，应该警惕。这次四川汶川大地震期间，新体诗发生了『井喷』现象，一下子涌现出一大批像《孩子，快抓住妈妈的手》的新诗，感人之深、数量之多、速度之快、影响之大，也是空前的。希望新体诗的这种势头继续保持下去。与之相比，格律诗则稍逊一筹了。这是不是也值得中华诗词界认真思考呢？所以，进一步研究诗词包括新体诗和旧体诗的发展现状、问题和趋势是非常必要的，经过比较从中可以找出规律性的东西。

我曾在其他会议上提出发展和繁荣中华诗词要处理好五个关系，即继承和创新的关系，普及和提高的关系，新体诗和旧体诗的关系，诗人和大众的关系，作诗和做人的关系。我希望诗界朋友们为中华诗词的发展和繁荣，深入地研究这些问题。这里，我仅就继承和创新的关系谈一点想法。我认为有两个『千万不能』。

一是『千万不能丢掉传统』。丢掉传统，不讲基本格律，中华诗词就不成其为中华诗词，就会自我『异化』为别的文学形式，比如说成为散文诗、顺口溜或者其他，虽然形式上还是『七言』『五言』『某某词牌』等，但实际上已经名存实亡。为此，建议加强对诗词格律基本知识的普及工作，多搞一些大众化的讲座，多做一些培训、教育、宣传普及方面的工作。二是『千万不能没有创新』。没有创新，中华诗词就会丧失活力，就会脱离时代、生活和大众，也会被『边缘化』。丢掉传统而自我『异化』，与没有创新而被『边缘化』，二者殊途同归，都会使中华诗词丧失生命力。

处理好继承和创新的关系，一个重要方面是要正确处理诗词格律问题。刚才我已经谈了，既然要作格律诗，就要符合基本格律，不讲格律，就不是格律诗，但在这个前提下也要与时俱进。比如，在『音韵』上，有主张严守『平水韵』的，也有主张用『新声韵』的。我赞成中华诗词学会主张的『知古倡今』。『平水韵』

至今已七八百年了，七八百年来语音已发生了很大变化，普通话已成主流。如果一味固守『平水韵』，有些诗词用『平水韵』读朗朗上口，但用普通话读会很拗口，中华诗词就会失去众多读者。随着语音变化倡导『新声韵』有其必然性。但又必须『知古』，如果不懂得『平水韵』，就不能很好地欣赏中华古典诗词之美。唐诗宋词很多入声字用得非常好，用现代语音就读不出韵味来。在『平仄格式』上，我主张『求正容变』。所谓『求正』，就是要尽可能严格地按照包括平仄、对仗等格律规则创作诗词。因为这些是前人经过千锤百炼，充分发挥了汉字的特有功能而提炼出的，是一个『黄金』格律，不能把美的东西丢掉。但也应『容变』，即在基本守律的前提下允许有『变格』。实际上很多诗词大家包括李白、杜甫，很多诗词名篇，『变格』也不是个别的。一位老先生曾说，有些诗，情真味浓，虽偶有失律亦能感动读者，不失为好诗；反之，则虽完全合律，亦属下品。我赞成这种说法。总之，我认为在音韵上要『知古倡今』，在格式上要『求正容变』。

当然，所谓『创新』，不仅指在音韵、格式等形式上要与时俱进，更重要的是指在内容上要与时俱进：中华诗词必须也能够反映时代的精神风貌，反映当代人的情感和生活。

以上看法，供大家进一步研究。总之，希望《缀英集》的出版能够对中华诗词事业的发展起到积极的推动作用。这次历时五年，出了第一部《缀英集》，选编的是二〇〇五年以前历任馆员的作品，希望以后再出第二部，一直出下去。

谢谢大家。

二〇〇八年十二月二十三日

再谈格律诗的『求正容变』

对于格律诗的『求正容变』问题，总觉得言犹未尽。最近，又查阅了一些资料，请教了一些学长、诗友，想就这个问题再谈一些看法，与诗友们共同探讨。

一、问题的提出

格律诗是中华传统诗词中最具典型意义的诗体。它有多种具体形式，主要包括五言、七言律诗和绝句，以及按词牌和曲调填写的词和曲等。各种形式格律诗的共同特点是，在形式上有确定的语言格式，句数、字数、平仄、用韵等都有一定的规则。对这种格律体诗，近百年来一直存在激烈的论争：有的主张彻底废除，有的主张绝对固守，有的主张既要继承又要创新。这场论争，关系格律诗的命运和前途，有进一步厘清的必要。

十九世纪末、二十世纪初，从黄遵宪、梁启超倡导『诗界革命』之后，随着白话文运动的兴起，自由体新诗应运而生，成为新文化运动的重要组成部分。胡适对提倡白话文、白话诗是作出了历史贡献的，但或许是因为矫枉过正，他却走到另一个极端，对格律诗采取了一棍子打死、彻底否定的态度。他提出，作诗要『不拘格律、不拘平仄、不拘长短』，认为『五七言八句的律诗决不能容丰富的材料，二十八个字的绝句决不能写精密的观察，长短一定的七言、五言决不能委婉表达出高深的理想与复杂的感情』。他甚至把格律诗与小脚、太监等并列为林林总总的中国陈腐文化之一种。尽管新文化运动以来近百年的历史表明，在自由体新诗发展的同时，格律诗并没有被取代、被消灭，相反经过曲折的发展过程，又进入一个新的繁荣期。但是，当代还有些人认为，格律诗的基本形式、美学范式和表现形式，『已不适宜表现现代人复杂的生活和丰富的情思』。有的断言：『汉语诗歌的自由体对古代格律诗体的代替，是中外诗歌运动嬗变的一个历史性必然结果。』这种观点的延续更反映在许多『中国现代文学史』都把近百年的格律诗创作排斥在外，直到今天人们还在为格律诗创作要不要写入『现代文学史』争论不休。不少全国性诗歌创作、交流、研讨活动也竟然没有格律诗的一席之地。

当然，五四运动以后，也有一部分人，他们在重视民族文化传统、反对摒弃格律诗的同时，又走到另一个极端，认为既然要作格律诗，就要『原汁原味』地固守规则，不能有丝毫变动。这种观点也延续到现在。去年有一些人联名发布了一个反对诗词『声韵改革』的《宣言》，认为中华诗词学会倡导新声韵是『短视的改革，把媚俗附势当作与时俱进』，会『导致劣诗泛滥、伪诗横行』。他们坚持当今作格律诗，仍然必须固守七八百年前的平水韵，否则『传统诗歌创作的标准语言系统将不复存续，维系整个民族的历史文化的基石将无法巩固，势必造成民族文化传统的断裂、破碎和消释』。还有些人提出要对平水韵『正名』和『保护』，以反对任何『离经叛道』。一些诗词刊物、集选、评奖等，也以『平水韵』为尺子决定作品的取舍。

与上述两种观点不同，对格律诗主张既继承又发展的越来越多。近百年来，格律诗经过曲折已从复苏走向复兴，出现了一大批格律诗大家，创作出大量脍炙人口的经典，在毛泽东同志那里达到了一个新的高峰。需要关注的一个看似奇怪其实并不奇怪的现象是，一些格律诗的反对者后来又成了热衷的赞同者，像闻一多先生所说的『勒马回缰作旧诗』的人不在少数。六十多年前，柳亚子曾经预言：『再过五十年，是不见得会有人再作旧诗的了。』然而他自己和他所领导的南社创作了不少为革命鼓与呼的格律体战斗诗篇。著名诗人臧克家自称是『两面派』，既作新诗又作格律诗，并认为：『声韵、格律，是定型的，应该遵守，但在某种情况（限制了思想、感情）下，也可以突破（李、杜等大诗人几乎都有出格之处）。也就是说，不以辞害意。』聂（绀弩）体诗，承古而不泥古，瓶旧而酒新，平中出奇，俗里见雅，信手拈来，随心流出，堪称当代格律诗既继承又创新的典范。中华诗词学会始终坚持既要继承又要发展的方针，在声韵上提出『倡今知古、双轨并行』的主张，编发了新声韵表，是历史性贡献。

我是赞成第三种观点的，即对格律诗应当持既继承传统又发展创新的态度。我理解，对格律诗的继承与发展，概括起来说，在内容上，就是要『求真出新』，即继承『诗言志』『抒真情』的传统，同时又反映时代风采和现代人的思想情感；在形式上，就是要『求正容变』，即尽可能地遵循『正体』——严格的诗词格律规则，同时又允许有『变格』。对内容上要求真出新，已成为共识，但对形式上要不要『求正容变』，怎样『求正容变』，认识并不一致。这个问题事关格律诗的生存、发展和繁荣，有必要深入进行讨论。

二、先谈『求正』

这里需要回答两个问题：什么是『正体』，为什么要尽力追求『正体』。任何事物都有多种属性或特征，其中事物的本质属性是一事物区别于其他事物的本质规定性。本质属性不能变，变了，一个事物就转化为另一个事物；而本质属性以外的其他属性，在一定程度上则是可以有所变化的。那么，中华格律诗作为一种特定的文学形式，区别于其他文学形式的质的规定性是什么呢？也就是说其基本属性和特征是什么呢？

在格律诗的具体形式中，五言、七言律诗和绝句最具代表性。为了叙述方便，本文重点以五言、七言律诗和绝句（以下简称五、七言格律诗）为研究对象。作为五言、七言格律诗，其『正体』至少有以下五个要素：

一是篇有定句，即每首诗都有固定的句数。『绝句』四句为一首，『律诗』八句为一首。每两句为一联，上句称『出句』，下句称『对句』。

二是句有定字，即篇中每一句都有固定的字数。五言绝句和五言律诗，每句五字；七言绝句和七言律诗，每句七字。

三是字有定声，即句中每一字位的声调都有明确的规定。有的字位，必须是平声；有的字位，必须是仄声；有的字位可平可仄。平仄排列是有规律的：一般地说，①一句中平仄相间，要力避末三字『三连平』或『三连仄』；②一联间平仄相对，要力避『失对』即出句与对句的节奏点平仄相同；③两联间平仄相粘，即后联出句的二、四、六字与前联对句的二、四、六字平粘平、仄粘仄，要力避『失粘』。

四是韵有定位，即每首诗必须押韵，且押韵的位置和要求是有明确规定的。除个别特定格式要求首句也入韵外，逢偶句句尾要押韵，且一般要押平声韵，要一韵到底。

五是律有定对，即作为五言律诗或七言律诗，除首、尾两联可以不对仗外，中间颔联、颈联两联的出句与对句，要讲究对仗。对仗的基本规则是对句与出句要做到：①词性相同，即上、下句中处于相同位置的词，其词类属性要相同，如名词对名词、动词对动词，数量词对数量词、形容词对形容词等；②语法相当，即上、下句的句型结构要一致，如主谓结构对主谓结构，动宾结构对动宾结构，偏正结构对偏正结构等，相应句子成分也要一一对应，如主语对主语、谓语对谓语、定语对定语；③节奏相协，即上、下句词组单元停顿的位置（节奏点）必须一致；④声调相反，即上下句对应节奏点的用字平仄相反，节奏点之间平仄交替；⑤语意相关，即上、下句在表意上主题统一、内容关联，或是并列关系，或是正反关系，或是因果关系，或是延续关系等，但要避免意思重复、雷同，即『合掌』。

上述五个基本要素，共同构成了五、七言格律诗质的规定性，成为其区别于其他诗体的显著特征。这些就是五、七言格律诗的『正体』。丢掉了这些基本要素，即非五、七言格律诗。

为什么要尽力追求『正体』呢？道理很朴素，就是因为这种形式实在是太美了。

格律诗是以汉字为载体的。汉字是世界上独一无二的以单音、四声、独体、方块为特征的文字。汉字把字形和字义、文字与图画、语言与音乐等绝妙地结合在一起，这是以拼音为特征的其他任何文字所不可比拟的。格律诗的上述五个基本特征，把汉字这些独特优势发挥得淋漓尽致，为格律诗的无比美妙和无穷魅力提供了形式上的支撑。仍以五、七言格律诗为例：

第一，它给人以均齐美。格律诗，充分利用了汉字独体、方块的特点。在五、七言格律诗中，每个字就像一位士兵，按照规定的行数（句）和列数（字），排列成整齐的队列和方阵，就像阅兵式上的仪仗队，在视觉上给人以均齐的而不是散乱的美感。同样是以汉字为载体的自由体诗，每首诗的句数不定，少则几行，多则十几行、几十行甚至更多；每行字数也不定，短则一个字，长则十几个、几十个字。其优点是形式更自由，有的也可做到大体整齐或有规律地排列，但其中也有不少自由体诗显得过于散漫，甚至给人以散乱无序的感觉。至于以拼音文字为载体的诗，由于每个字位本身的长短不同，少则单字母单音节，多则十几个字母多个音节，要做到均齐美显然是困难的。

第二，它给人以节奏美。五、七言格律诗，整体上有均齐美，但均齐中又不呆板，『队列和方阵』中词组停顿、音调升降有规律的变化，给人以强烈的参差感、节奏感。单音独体的汉字，便于灵活地组成单字、二字、三字、四字的音组，形成错落有序的停顿（节奏点），加之每个字都有四声的变化，特别是按照平仄或相间或相对的有规律的变化，呈现出结构上和语调上的差异性、多样性，词组长短相间，声调阴阳相错，使人吟诵起来抑扬顿挫、和谐悦耳。

第三，它给人以音乐美。格律诗，最讲究声调和押韵。声韵，是格律诗的『乐谱』，它使节奏美插上了音乐的翅膀。正是借助有规律的韵脚，使全诗的联句之间相互照应，在全诗中发挥着整体性、稳定性的作用；正是借助有规律的韵脚，看似参差无序的音节『贯穿成一个完整的曲调』，同一韵的声音间隔出现，往复回应，使人听起来悦耳动心，产生一种和谐回环的美感；正是借助于有规律的韵脚，使人读起来朗朗上口，比起其他任何诗体更便于人们吟诵和记忆。

第四，它给人以对称美。对称是一种高级美感。格律诗充分利用了『单音』『独体』『方块』的独特优势，把对称融于句型、结构、音调、词意中，使对称美发挥得淋漓尽致。『两个黄鹂鸣翠柳，一行白鹭上青天。窗含西岭千秋雪，门泊东吴万里船。』这样巧妙工对的句子，在格律诗中比比皆是。试问，世界上，哪一种以拼音文字为载体的诗有这样悦目、顺口、赏心的对称美？

第五，它给人以简洁美。格律诗，从句数看，多则八句，少则四句。即使少到四句，也符合一般作文『起承转合』的规律，为完整表意营造了必要空间。从字数看，多则五十六个字，少则二十个字，这种『苛刻』的规定，客观上要求作者必须在炼字、炼句、炼意、炼格上狠下功夫，以最简洁的语言文字描绘多彩的客观世界和表述丰富的内心情感。

总之，格律诗，借助于汉字的独特优势，创造美妙的情感表达形式，它是先贤们在长期诗歌创作的过程中、经过千锤百炼后形成的『黄金定律』，是宝贵的艺术财富。艺术的本质是追求美。诗和其他艺术一样，也要追求形式之美。音美、节奏美，是各种诗体应该追求和具备的，有的还看重简洁美，有的也具有均齐美和对称美。但在各种诗体中能同时兼有『五美』，是格律诗的特点。当今学作格律诗，就要尽可能『求正』，以追求大美。如此美妙的文学形式，为什么要摒弃、否定呢？我赞成这样的观点，即作格律诗如同跳芭蕾舞，选择跳芭蕾舞而不是别的舞，就必须按规则用脚尖跳。尽管这种『束缚』是苛刻的，但经过勤学苦练，一旦掌握了它的规律，就会自如地跳出独具特色的优美舞蹈。顺便谈及的是，一些创作新诗的诗家，在总结反思新诗发展的过程中，也提出了『新诗格律』问题，即新诗可以不求句数、字数整齐，但也应有规律地安排『顿』（或曰『音组』『音步』『音尺』）和『韵』，以求音乐美。尽管『新诗格律』与古体格律诗的格律大不相同，但足可说明，既然自由体诗也在追求格律，传统格律诗的格律是绝不可废，也绝不会被废的。

三、再谈『容变』

这里也需要回答两个问题：在力求『正体』的同时，允不允许『变格』？如果允许，其变化的『边界』是什么？格律诗的格律是美的，完全按『正体』当然好，但格律毕竟只是诗作的形式，形式总是为内容服务的。为了更好地抒情达意，破点儿格，适当有些变化，应该允许；不但应该允许，有时不得不破格之句还会成为『绝唱』。例如，李白的《静夜思》从格律法则上看，不仅失粘，而且失对，不仅有重字，而且有『比肩』，然而从美的规律上看，谁能不说它是绝妙古今的佳作？又如，王维的《送元二使安西》（『渭城朝雨浥轻尘』）、崔颢的《黄鹤楼》（『昔人已乘黄鹤去』）、杜甫的《月夜》（『今夜鄜州月』）等等，均有破格之处，但又都是脍炙人口的千古名篇。据有诗家逐一分析统计，《唐诗三百首》所选五律和五绝，破格者竟居多数。可见，在格律诗的鼎盛时代，诗家也不是食古不化，创作氛围也很宽松，或许这也正是鼎盛的原因之一。

问题在于，作为五、七言格律诗的五大要素及其具体规则中，哪些是必须严守，一点儿不能改变的；哪些是可以『变格』，容许适当变通的；在允许『变格』的地方，『适当』这一『度』如何把握？不能变的变了，就不再是格律诗，而异化为其他诗体或其他文学形式；能变的，在『适当』边界内，若其变通没有丢掉格律诗的基本属性，仍不失为格律诗；若其变化超出了容许的边界，则不再是格律诗，也会异化为其他诗体或其他文学形式。仍以五、七言格律诗为例，如果把其五项基本要素作一具体分析，可以看出：

第一项『篇有定句』和第二项『句有定字』，是格律诗之所以为格律诗的最基础的条件，是不能改变的。如果变成篇无定句、句无定字，即非格律诗；如果虽有定句与定字，但不再是五言四句、八句，或七言四句、八句，则非五、七言格律诗，而成为或三言诗、四言诗、六言诗、八言诗，或某词和某曲等等。

第三项『字有定声』，讲的是要守『平仄律』。不讲平仄，即非格律诗。平仄律的本质是通过对诗中每一个字平仄的安排，形成声调上的抑扬顿挫、轻重缓急，达到全诗的音律谐美。在平仄律中，对平仄或相间，或相对，或相粘的基本要求是应当讲究的：按照这一基本要求，并根据首句是否入韵演化出的五、七言格律诗平仄组合的十六种基本格式也是应当遵循的。

但是，在基本格式中具体某个位置的字，其平仄是否可以灵话变通，要作具体分析：有些字位的平仄绝对不能改变，如逢偶句字尾必须是平声，逢奇句字尾除首句入韵格式外必须是仄声：有些字位按规则本身就是可平可仄，如某些格式（不是全部格式）的五言诗中的一、三字，七言诗中的一、三、五字；个别字位为了更好地抒情达意，平仄可以替换同时通过『拗救』加以弥补，使声调总体上仍保持抑扬顿挫；个别字位即使『拗救』不成，只要是好句，『破格』也应允许。后两种情况，在古诗中屡见不鲜，这种突破『正体』的『变格』，就是在基本遵循平仄律基础上的『容变』。

第四项『韵有定位』，其具体规则，有丝毫不能改变的，也有可以适当变化的。『韵有定位』，不言而喻的前提是作为格律诗是要有韵的。对于作诗要不要有韵，本世纪初，就发生过一场论争。胡适不但主张作诗平仄声调要打破，韵脚也可以不要。他说：『语言自然，用字和谐，诗句无韵也不要紧。』章太炎等则认为，是否押韵是区分诗与文的标准，『有韵谓之诗，无韵谓之文』，『现在作诗不用韵，即使也有美感，只应归入散文，不必算诗』。这场争论，至今同样没有结束。我们不去评价那些不押韵的诗是不是诗，但有一点是肯定的，即不押韵即非格律诗。这一点是不容变通的。

押韵的基本规则也是不能变的。作为五、七言格律诗，不但要押韵，而且一般要押平声韵（押仄声韵的律绝名篇也有，如柳宗元的《江雪》、孟浩然的《春晓》等等，但毕竟是少数，未能大行于世。不少人认为，宁可将其归于古风体）；不但一般要押平声韵，而且押韵的位置不能改变，即只能是逢双句句尾押韵和个别句式的首句入韵，其他奇句不得入韵；不但韵脚的位置不能改变，而且必须一韵到底，中途不能转韵；不但不能转韵，而且不能重韵。

押韵及其基本规则，对于格律诗来说，就如大厦之四柱、雄鹰之双翼、项链之串线，断然不可违背的。如果违背了，诗的整体性、节奏感、音乐美就要大打折扣。

作为『韵有定位』的规则，可以适当变化的，只是『韵』本身。一是不必固守平水韵，可以而且应该提倡新声韵。我赞成中华诗词学会提出的『倡今知古，双轨并行』的主张。前人早就说过：『时有古今，地有南北，字有变革，音有转移，亦势所必至。』（《毛诗古音考》）纵观中华诗词的韵律史，本身就是一部因时而变的发展史。唐诗用唐韵，是在隋朝切韵的基础上发展成的。宋代唐韵又改为广韵，除了诗韵，又有了词林广韵。到了宋末，距隋唐时间过去了几百年，汉语的语音已明显地发生变化，韵书与实际语言的矛盾越来越大，于是又有了平水韵。平水韵作为官韵，是专供科举考试之用的。尽管它比广韵已简化为一百〇六个韵部，但仍显繁琐。平水韵距今又过去七八百年了，人们的语音已发生了很大变化，入声字在日常生活中已不复存在，以北京语音为标准音的普通话成为人们交往的主导用语，并作为国家通用语言以法的形式确定下来，格律诗的声韵本身也要与时俱进，相应变化。平仄律和韵律本来完全是为了追求声调美的。今人作今诗，是写给今人看、今人听的，而不是写给古人看、古人听的。如果固守平水韵，今人读起来反而拗口，使人感觉不到和谐回环的美感，这就背离了韵律美的初衷。当然，阅读和欣赏古体诗，也应懂得点儿平水韵（现在印行的古典诗词选，应当作出必要的注释，以方便读者），否则有些古体诗用新声韵去读，韵味美也会打折扣。如杜牧的名篇：『远上寒山石径斜，白云生处有人家。停车坐爱枫林晚，霜叶红于二月花。』其中的『斜』字，在平水韵中念xiá，与『家』字、『花』字同韵，读起来朗朗上口；而按新声韵则读xie，念起来就不和谐。对习惯了用平水韵的诗人也应当尊重。二是严守韵部固然好，有的邻韵通押也无妨。平水韵有一百〇六部，古人作格律诗一般要求押『本韵』，否则叫『出韵』，但突破这个规定，邻韵相押的好诗也不少。中华诗词学会顺应语音的变化，以标准普通话为准，按韵母『同身同韵』的原则，编辑了《中华新韵（十四韵）》，既继承了格律诗用韵的传统，又便于今人诗词的写作与普及。这是在继承传统基础上的创新发展，符合社会和诗词发展的方向，这种『变』应当充分肯定。

第五项『律有定对』，讲的是作为律诗（无论是五律还是七律）都要对仗。严守对仗的五个基本规则，做到完全的『工对』当然好，适当的『宽对』也应允许。比如，鉴于词性分类本身就是相对的，『词性相同』的范围即可适当放宽，可以是同一小类词组相对，也可以是同一大类词组相对，还可以是邻近两类相对。总的原则是，形式服从内容，不因刻意追求工对而以辞害意，影响抒情达意。又如，对于辞意既要相关又要避免『合掌』的要求，也不能过于苛刻。有些看似语意重复，像『独有英雄驱虎豹，更无豪杰怕熊罴』，仍不失为佳句，大可不必苛求。

在以五、七言格律诗为例说明格律诗的『求正容变』后，我想进一步说明的是，五、七言格律诗只是格律诗的一种类型，后来产生的词、曲，也是格律诗的一种类型。从某种意义上讲，词、曲也可以看作是对五、七言格律诗『求正容变』的产物。艺术的本质是不断地追求美，客观事物和人们情感的美是丰富多彩的，人们表达美的形式也应当是丰富多样的。词，是随着诗合乐歌唱演变而来的。五、七言格律诗的句数、字数所表现的均齐美是一种美，但句数、字数长短相间、错落有序的参差美也是一种美，而且在抒情吟唱时更灵活、更自由；五、七言格律诗以平声入韵，平声韵一般有悠扬高昂的特点，但仄声韵一般有猛烈急促的特点，人们在不同的情境下需要表达不同的情感；五、七言格律诗要求一韵到底，这是因为其一般只有两个或四个韵脚，中途转韵难以形成和谐回环的美感，但如果诗句较多，几句一换韵，不但不会影响和谐回环之美，而且往往还会给人以跌宕起伏之美。如此种种，适应人们抒发丰富多彩情感和合乐歌唱的需要，在五、七言格律诗鼎盛的唐朝中晚期，词也应运而生。词作为格律诗的一种类型，一方面各种词牌一般都遵循了五、七言格律诗『篇有定句、句有定字、字有定音、韵有定位、律有定对』的本质规定性的要求，另一方面它在『五定』的具体规则上，对五、七言格律诗又有所变化和突破：句数不拘泥于四句、八句，字数不拘泥于五言、七言，声调不拘泥于十六种格式，入韵不拘泥于平声和一韵到底，如有对仗位置也不局限于中间的两联。不过不同的词牌具体规则不同罢了。总之，词这种格律形式，定中又有不定，既继承了五、七言格律诗的长处，又比五、七言格律诗更加灵活自由。依曲谱而填的散曲，比词又更为灵活自由，但也不失格律诗之本质规定性。

应当指出的是，格律诗的『变格』，是有限度的。无论是五、七言格律诗还是词、曲，如果全篇处处不顾平仄律等基本要求和基本格式，也非格律诗。现在，有些人认为平仄律束缚人，主张大力提倡『新古体诗』，即只要做到每首诗句数或四句或八句，字数或五言或七言，基本押韵，至于平仄和对仗不必讲究。这种『新古体诗』作起来相对容易，便于推广，作为一种诗体，也有其优点，在中华诗词百花园中应有其地位。但必须明确不应『混名』，即这种诗体可以称为『新古体诗』或『五古』『七古』，然而鉴于不讲平仄即非格律诗，这类诗尽管也是五言、七言，却不宜冠以『五律』『七律』『五绝』『七绝』之名。同样道理，只是在字数、句数、大体押韵上符合某个词牌或曲调但不讲究平仄的作品，也不宜冠以『××词牌』或『××曲调』。

四、几点启示

通过上述分析，至少可以得出以下启示：

(一)格律诗是大美的诗体，是中华文化瑰宝中的明珠。历史告诉我们，因其大美，格律诗没有被打倒、被取代，也永远不会被打倒、被取代。经过一段历史曲折后，格律诗从复苏走向复兴有其历史必然性。还可以预言，随着时代的进步和语言习惯的变化，还会不断有新的诗体产生和发展，但在人们总是要追求美的规律的作用下，只要汉字不灭，格律诗就不会亡。

(二)『求正容变』，是格律诗永葆生命活力的重要条件。其本质是，格律诗既要继承传统，又要发展创新；既要追求形式大美，又要讲形式服从内容。不『求正』，格律诗就不复存在；不『容变』，格律诗就不能发展。历史告诉我们，没有『容变』，就不会产生许多虽然破格但千古传诵的五、七言格律诗的佳作，也不会在唐诗之后进而产生了既保留五、七言格律诗的基本要素，又比五、七言格律诗更为灵活、自由的宋词、元曲这样新的格律诗形式。千百年来格律诗就是这样走过来的，今后的发展和繁荣仍然要走这条路。

㈢『求正容变』，是格律诗不断普及和提升的现实途径。格律诗形式大美，但毕竟规矩严格，相对讲比较难作，不易普及。但难作不等于不能作，不易普及不等于不能普及（当然这种普及只是相对的）。对于任何诗人来说，格律诗都不会是生而会作，都会有个从不甚符合『正体』到逐步符合『正体』的『求正』过程。对这个成长过程，应当持宽容的态度。初学者可以由易到难从写作五古、七古或『新古体诗』入手，先做到『篇有定句』『句有定字』『韵有定位』，这样相对容易一些，使爱好古典诗词的队伍不断扩大；在此基础上，其中必有一部分兴趣浓厚、肯『求善『求』的人，经过再在『平仄』和『对仗』上下功夫，逐步掌握『字有定声』『律有定对』的要求，从而使能够用『正体』创作格律诗的队伍越来越大，精品越来越多。先『容变』后『求正』，在求得『正体』后又自如『容变』，或许可以走出一条在普及的基础上提高、在提高指导下普及的发展和繁荣格律诗的路子。

（四）『求正容变』，从更宽的意义上讲，就是格律诗应有最大的包容性。诗体的多样性是由事物的多样性、情感的多样性、表达方式的多样性决定的。诗体的多样性是一个时代诗歌繁荣的重要标志。在中华诗歌的百花园中，各种诗体都有其所长、有其所短。格律诗再美，也只是多元中的一元，应与其他诗体并存齐放、各展其长。格律诗不但要容新古体诗、杂言诗、打油诗甚至『顺口溜』等，而且要与自由体诗、新格律诗、歌谣（民歌、民谣、儿歌、童谣）、歌词、散文诗等诗体互相学习、取长补短，共同繁荣中华民族的诗歌事业。在最近中国作协召开的全国诗歌理论研讨会上，与会诗人、评论家达成了新体诗与旧体诗要『比翼双飞』『相互促进』的共识。在今年鲁迅文学奖的评选中，格律诗作品首次参加评选，有的还获了奖。这些都是十分令人欣慰和振奋的消息，必将对发展和繁荣当代诗歌产生积极的影响。

最后，我想重申的是，这里强调的求正容变，只是从形式上为继承和发展中华诗词『鸣锣开道』。繁荣和发展中华诗词，最重要的是在内容上要与时俱进，用形象的思维、诗的意境反映新时代、新生活、新事物、新情感。经过『求』的努力，掌握诗词格律的『正体』并不太难，最难的是真正做到情真、意新、格高、味厚，否则即使完全符合『正体』亦非好诗。霍松林先生在给我的一封信中指出：『作近体诗，合律是必要的；然而窃以为忧时感事，发而为诗，倘若意新、情真、味厚而语言又畅达生动，富有表现力，则虽偶有失律，亦足感动读者，不失为好诗；反是，则虽完全合律，亦属下品。』信然。

二〇一〇年八月

曾刊于《中华诗词》（二〇一〇年第十期）

《光明日报》（二〇一一年一月十九日）

加强诗词研究　多出诗词精品

——在中华诗词研究院成立大会上的讲话

各位学长，各位诗友，同志们：

首先，热烈祝贺中华诗词研究院成立！

中华诗词以汉字为载体，借助于汉字方块、独体，单音、四声的独特优势，按照符合美学规律的格律规则，形成了同时兼有均齐美、节奏美、音乐美、对称美和简洁美的大美诗体。几千年来，按照这种大美的形式，中华民族一代又一代创作了大量脍炙人口的光辉诗篇，其内涵之深，形式之简，音韵之美，数量之多，普及之广，流传之久，影响之大，是世界上许多以拼音文字为载体的诗歌难以比拟的。中华诗词在记载历史、传承文化，启迪思想、陶冶情操，交流情感、享受艺术，丰富人的精神世界、提升中华民族凝聚力、推动社会文明进步等方面，发挥了重要的作用。中华诗词是中华文化瑰宝中的明珠，也是人类文明的共同财富。我们为我们的民族有这样大美的诗体，有那么多光辉的诗篇和杰出的诗人而感到骄傲和自豪。

当前，在经过一段历史曲折后，中华诗词正在从复苏走向复兴，方兴未艾，形势喜人。在这一背景下，成立中华诗词研究院，办好了，必将对中华诗词的传承，繁荣和发展发挥应有的积极作用，对弘扬中华民族优秀传统文化、提高国民综合素质作出应有的贡献。从刚才几位诗界朋友的发言中，深深体味到大家对办好研究院寄以厚望，同时提出了不少好的意见和建议，听了很受启发。我也借此机会对如何办好中华诗词研究院谈一些看法，供同志们在工作中参考。

要办好研究院，首先要找准研究院的定位、作用和任务。换句话说，我们究竟要办一个什么样的研究院呢？在我的心目中，经过长期艰苦不懈地努力，研究院在中华诗词事业中应当发挥这样几个作用：

一是成为凝聚诗词人才的重要纽带。中华诗词事业的传承、繁荣和发展，归根到底靠人，靠诗人。研究院要发挥自己独特的优势，以推崇大家、发现和培育新人为己任，通过聘请顾问、设立学术委员会、聘任研究员、组织课题研究、支持出版书籍、开展学术研讨等多种形式，不拘一格广泛吸引诗词人才，为他们的创作、研究和交流提供服务。

二是成为繁荣诗词创作的重要平台。现在我国公开和内部发行的诗词报刊有几百种，每年刊登的诗词新作达几十万首，相当于《全唐诗》的几倍，数量可观。但是精品力作较少，即使有，宣传推广也不够。缺乏精品力作，中华诗词就不会真正繁荣，更难以长盛不衰。研究院要以创作精品、弘扬经典为己任，联合其他诗词团体，组织诗词人才按照贴近实际、贴近群众、贴近生活的要求，通过采风、笔会、出版诗集，编辑诗词年鉴等多种形式，创作、发现和推介大批优秀的诗歌作品，并推动优秀的当代诗词作品进入网络、学校、企业、部队、农村、社区，融入主流文化阵地，扩大社会影响。

三是成为引领诗词评论的重要窗口。诗词创作与诗词评论，是推动诗词发展不可或缺的两个轮子。当前，与相对繁荣的诗词创作比，诗词评论已成为诗词事业发展的一条短腿，评论不多，深度不够，影响也小，有些无原则吹捧的庸俗风气也值得忧虑，这些都不利于诗词事业的健康发展。研究院要带头倡导正确的诗词评论新风，坚持尊重艺术、尊重作者、尊重读者，坚持客观公正、宽容平等、百家争鸣。通过正确的诗词评论，推崇诗词大家，发现诗词新人，弘扬诗词经典，提升作者的创作能力和读者的欣赏水平。

四是成为推动诗词研究的重要基地。研究院与其他诗词社团的一个显著区别是，要把组织研究放在突出位置上。要研究中华诗词的艺术规律，创立和发展中华诗词美学理论，推动中华诗词的继承和创新；研究古今诗词大家的作品和风格，撰写重要诗人和词人的传记、研究专著；研究中华诗词的发展史，既包括古代的，也包括近现代的，特别是五四以来近百年中华诗词的发展史；研究中华诗词的音韵学；研究中华诗词与自由体诗、民歌、歌词等其他诗体的比较，取长补短，相互促进；研究中华诗词的翻译理论和方法；还要研究中华诗词未来的发展趋势，等等。

五是成为收集诗词资料的重要文库。与上述几项任务和作用相适应，研究院应当广泛收集历代和当代有关中华诗词的诗作、诗集、诗评、诗注、诗论、诗史、诗刊、诗报等资料，逐步建立起较为完备的、有权威的、有影响的中华诗词文献库，既为当代人服务，也为后人留下宝贵的财富。

在谈到中华诗词研究院的定位、作用和任务时，我还想说说它和中华诗词学会的关系。对此，我在筹建研究院的一次会上曾讲了三句话：『两个机构，一个目标；你中有我，我中有你；适当分工，通力合作。』『两个机构，一个目标』是说，学会作为群众性社团，研究院作为国务院参事室、中央文史研究馆下属的研究机构，机构性质不同，但目标都是为了传承、繁荣和发展中华诗词事业。『你中有我，我中有你』是说，在领导成员和研究力量的构成上，两者是有一定交叉的。

『适当分工，通力合作』是说，在功能和作用上，两个机构各展其长，各有侧重。具体讲，研究院和学会都要既抓普及又抓提高，但研究院更要在抓提高上下功夫；都要既抓诗作又抓诗评，但研究院更要在抓诗评上下功夫；都要既抓创作又抓研究，但研究院更要在抓研究上下功夫；都要既抓当前又抓长远，研究院更要在抓长远上下功夫。许多诗词活动根据内容可以一家为主、两家或几家联合开展。

显然，从上述研究院的定位、作用和任务看，要不负众望把中华诗词研究院真正办好，实现其预期目标，发挥其应有作用，不是一件容易的事，不可能一蹴而就，需要经过较长时间的艰苦努力。办好诗词研究院有许多有利条件，主要是：中华诗词正在由复苏走向复兴，给了我们难得的历史机遇；已经涌现出一大批热爱中华诗词并创作出大量优秀作品的庞大诗词作者队伍；同时，研究院依托国务院参事室、中央文史研究馆，又有一大批德、才、望兼备的文学艺术家和文史专家，这些都为我们办好研究院创造了好的主客观条件。当然，也有些不利条件，主要是在起步阶段我们研究院的人员少，经费不足，任务重，又缺乏办院的经验。在这样的情况下，怎样才能办好研究院、实现我们的预期目标呢？刚才，进玉同志和几位诗界同仁都讲了很好的意见，我也想讲四点意见：

第一，精品立院。精品是研究院的立院之本。没有精品，研究院就没有社会存在的价值。这里的『精品』，既包括优秀的诗词作品，也包括优秀的诗词评论，还包括优秀的诗学理论、诗词史方面的文章、专著，以及举办高质量的诗词研讨会等。总之，研究院的各方面工作都要不求数量、但求质量，不图虚名、但求实效。中华诗词研究院及其各项研究成果都应当成为具有社会影响力的『品牌』。

第二，创新兴院。创新是研究院的不竭动力。研究院坚持创新，首先要体现在诗词创作和研究上。正确处理继承和创新的关系，是繁荣和发展中华诗词的关键。不继承，中华诗词就没有根基；不创新，中华诗词就没有活力。只有在继承的基础上创新，在创新的过程中更好地继承，才能永葆中华诗词的生命力。创新当然首先是内容上的创新，研究院组织的诗词创作和研究，要有浓厚的时代气息、生活气息，反映新意境、新思想、新情感，注入新题材、新语言、新风格。对形式上的创新，也应持开放态度。因为一部中华诗词发展史就是中华诗词内容和形式上的创新史。当然，中华诗词形式的创新，必须建立在继承传统的基础上，否则会『异化』为其他诗体。研究院坚持创新，在办院上就是要勇于探索、大胆实践，搞活办院机制。要创新选人用人机制。研究院本身的编制是有限的，要用好有限的编制，引入竞争机制，选用热爱诗词事业、有一定研究和组织能力、热心为诗词界服务的骨干人才；同时要广开人才之路，善于联系、组织、动员、依靠社会上各方面力量共同完成研究院的各项任务。要创新学术研究组织机制。组织课题研究、资助出版高水平的著作等等，也要引入竞争机制，规范课题管理，使研究工作既有激励又有约束。要创新资金筹措机制。在用好用活有限的财政资金的同时，采取适当形式吸引和利用社会资金，为发展中华诗词事业服务。

第三，严谨治院。这是办好研究院的重要条件。作为高层次的诗词研究机构，要树立科学严谨的治学风气，尊重规律、尊重艺术，力戒浮躁、讲求实效。要切实贯彻『百花齐放、百家争鸣』的文艺方针，形成活跃、宽容的学术氛围。要建立和完善研究院自身的各项内部管理制度。研究院的工作人员，要不断提高自身的政治素质、诗词修养和组织能力，要有奉献精神和服务意识，心甘情愿、兢兢业业地为中华诗词事业的发展、为大家做好服务工作。

第四，团结强院。这是办好研究院的重要保障。这里，不仅是指研究院内部的团结，领导班子和干部职工要拧成一股绳，心往一处想，劲往一处使，齐心协力，搞好服务工作，更重要的是，研究院不能搞『小圈子』，而要搞大团结，坚持开门办院。要广泛团结和依靠中华诗词大家，充分发挥老一代诗人词家承前启后的作用，同时更要善于发现、紧密团结和热情扶持热爱诗词事业、有基础、有潜力的中青年诗人，他们是中华诗词的未来和希望。要加强同中华诗词学会以及其他诗词、曲赋、楹联社团的联系与合作，加强同高等院校、中华古典文学研究机构的联系与合作，加强同海外华侨、华人中的诗人、诗词社团以及国际友人中的汉诗爱好者的联系与合作。中华诗词研究院，固然要以创作、研究格律诗为主，但格律诗毕竟只是中华诗歌百花园中的一种。中华诗歌百花园中的各种诗体各有所长。研究院要加强与新体诗、歌词、民歌、儿歌、散文诗等诗体的诗人的联系与合作，相互学习，取长补短，比翼齐飞，共同繁荣中华民族的诗歌事业。同时，还要与音乐、吟诵、书法、绘画联姻，让中华诗词传播得更加广泛，更加具有感染力、震撼力。

同志们、朋友们！办好中华诗词研究院任重而道远。让我们团结起来，认真贯彻党的文艺工作方针，脚踏实地，开拓进取，为传承、繁荣和发展中华诗词，为弘扬中华优秀传统文化，为社会主义文化大发展大繁荣作出应有的贡献！

二〇一一年九月七日

把传承、繁荣和发展中华诗词当作事业来干

——在诗词座谈会上的发言

很高兴参加这次诗词座谈会。以诗会友，这是人生一大乐事。与诗友每次见面交流，都受益匪浅。今天诸位的发言都很有见地，有情况、有观点、有建议。各自角度不同，但都是围绕着一个主题，即『如何巩固和发展当前来之不易的中华诗词事业的大好形势』。我一边听、一边记、一边想，粗粗归纳一下，大家的讨论至少涉及以下十个问题。这十个问题虽然不是当前传承、繁荣和发展中华诗词事业所要研究的全部问题和所要做的全部工作，但我以为比较重要。下面谈谈自己的初步思考，以期深入研究。

一、关于诗词的功能。以格律诗为代表的中华诗词同其他文体一样，也是内

容与形式的统一体。传承、繁荣和发展中华诗词事业，当然要关注它的形式，讲究格律，否则就不称其为格律诗，中华诗词就名存实亡；但更要重视其内容，发挥其社会功能，丢掉社会功能，中华诗词也就没有存在的社会价值，也会消亡。伯农同志刚才在发言中说『诗词就是要讲好中国故事，抒好中国情怀』，讲的就是要发挥好诗词的社会功能。高昌同志说到电脑作诗，做到平仄和谐不难，难的是反映鲜活的生活和情感，没有新意也就没有当代诗词，说的就是作诗既要重形式更要重内容。对于中华诗词的功能，能否概括成四句话，即『诗言志，诗缘情，诗达理，诗留史』。『诗言志』是说通过诗词表达人们价值观念、理想诉求的志向；『诗缘情』是说通过诗词抒发人们爱憎喜忧、悲欢怨怒的情感。对于『言志』『缘情』讲得比较多了。对于『达理』『留史』也不能忽视。许多诗词格物喻理，充满了哲学的智慧，给人以深刻启迪的优秀诗篇不胜枚举。许多诗词咏人、咏事、咏史，留下不同时期不同人群的时代印记，后人可以从中了解到当时的社情民意、风俗人情、世态炎凉、天文地理等等，堪称史诗的诗篇比比皆是，有些甚至弥补了史料空白。比如，古代气象和环境资料很少，我国气象学专家竺可桢先生就是通过中华诗词中所述描的不同时期不同地区的自然环境、气候特点、生物种类、农作物变化等研究我国古代的生态和气候变迁的，由此得出许多重要的结论。总之，只有充分发挥中华诗词的社会功能，使其成为反映社会发展、表达人民情感、启迪人们心灵、传承历史文化、推动文明进步的载体，才能具有不竭的生命力。

二、关于在多出精品力作上下功夫。传承、繁荣和发展中华诗词事业，要处理好普及与提高的关系，坚持在普及的基础上提高，在提高的指导下普及。『普及』和『提高』犹如中华诗词事业的两条腿，这两条腿要协调才能走得稳走得远。当前中华诗词事业从总体上看，是『普及』这条腿长，『提高』这条腿短，缺少精品力作是当前中华诗词事业最为突出的问题。这已是大家的共识，刚才伯农、庆霖等几位诗友都再次强调了这一点。确实，经过多年来各方面的共同努力，包括在座的和不在座的中华诗词学会的同仁们的辛勤付出，中华诗词普及的形势喜人。刚才诗银、改正同志介绍了全国百分之百的省（区、市）、百分之九十以上的地市、百分之六十的县都建立了诗词学会，会员增长很快，许多机关、企事业单位、学校、村镇、部队成立了各种诗社，诗友数以百万计，每年创作的诗词数以十万计，远超过《全唐诗》的五万首，中国诗词大会的观众达十几亿人次，试问哪一个国家像中国有这样广大的诗词群体？但是，喜中有忧，就是精品力作不是没有，而是太少。我多次呼吁，『一个时代，总要有一批又一批记录这个时代特征和反映这个时代人民心声的，能够「惊风雨、泣鬼神」的佳作、精品乃至经典。』前一时期，我们诗界常说，中华诗词已由复苏走向复兴，这主要是从『普及』形势讲的，我看不完全。有精品乃至经典，出名家乃至大家，是中国诗词事业繁荣发展的重要标志，缺少精品经典和名家大家，还不能称作『复兴』。关于精品问题，已讲了多年了，但成效似不显著，原因是多方面的。其中一条是我们对围绕多出精品的相关问题的研究还不深透。比如什么是『精品』，这里涉及衡量精品的标准是什么等？怎样才能创出精品，这里又涉及内容和形式、生活与创作、做人与作诗等？怎样扩大好诗的社会影响，这里又涉及推介和传播、入校入史入课本、作者评家和读者的关系等。建议诗词学会专题研究，并有实实在在的推动举措。

三、关于坚持正确的创作导向。传承、繁荣和发展中华诗词事业，在诗词创作上要坚持由孙轶青老会长提出中华诗词学会长期秉持的『深入生活、反映时代、服务大众』的导向。这三条原则不能丢，而且要发扬光大。三条原则，是更好发挥诗词功能的重要途径，也是更多出精品力作的重要基础。刚才，逸明同志发言中说。作者是厨师。读者是食客，厨师手艺如何，最有发言权的是食客，讲的就是要创作群众喜闻乐见的作品。写诗填词如果脱离生活，脱离时代，脱离大众，很容易或无病呻吟，或自娱自乐，或食不知味，或不知所云等等，不一而足，难以引起人们的思想震撼和情感共鸣，何谈精品力作之有。

四、关于诗词的用韵。要创作中华诗词的精品力作，不但要有好的内容，而且要发挥好中华诗词形式的优势，即讲究格律，好的内容加美的格律的统一。刚才几位同志讲到其中的用韵问题，看来诗界还有些不同主张。一直有『平水韵』和『新声韵』之争，现在又有『中华通韵』（十五韵）和『中华新韵』（十四韵）之辩。我以为，从寻找『解扣』的思路上，这个问题是不是可以说已经解决了，即『倡今知古，求正容变』。对『平水韵』要『知』，『知』才能更好地欣赏和体味古人的诗词之美；对『新声韵』要『倡』，『倡』才能更好地适应今人语言之变，创作和欣赏今人诗词之美。今诗为今人，理当倡今韵。在新声韵中，『中华通韵』与『中华新韵』，其实是大同小异，主要异在『十四英』和『十五雍』是否可通押。我以为，《中华通韵》是根据国家法定的标准语言规范拟定的，并已由国家有关部门发布施行，应当成为今人用韵的标尺，在诗词创作时要尽可能求其正，但也应当容其变，即在写作用韵时，形式服从内容，由于内容需要，没有更好的替代时，对『英』『雍』通押持宽容态度。刚才，树喜同志讲《东方红》歌词中，从韵脚看，『红』『东』是『雍』部，『升』『星』是『英』部，朗朗上口，不失为好的歌词。总之，要以有利于抒发感情、为人民大众所喜爱为重。我们讲格律诗要『求正容变』，即包括用韵上的求正容变，首先是努力求正，有时也可容变，当然，『容』是有限度的，『变』是有边界的。语言是不断发展的，用韵也会在实践中不断发展，从一个长过程看，人们的用韵习惯会逐步靠近乃至走向统一。

五、关于加强诗词评论。诗词评论与诗词创作共同构成推动诗词事业繁荣发展的两个轮子，也是催生和推出诗词精品力作的重要环节。通过诗词评论，使『作者』『评者』『读者』更紧密地联系在一起，『三足鼎立』，相互支撑，良性互动，无论对诗词『普及』，还是对诗词『提高』都具有重要作用。好的诗评，既可以提升诗者创作能力，又可以提升读者的欣赏水平，还可以起到发现精品力作、弘扬名家新人的作用。现在诗词评论工作，不够活跃。不但数量较少，质量也有待提高，自身也缺乏精品力作，这也是当前诗词事业的一项『短板』。评诗，要评出味道，评出特点，评出深度，既要避免庸俗的一味吹捧，也要避免粗暴的一棍打死。这方面的工作如何改进和加强，也需要进一步专题研究，切实有所长进。

六、关于加强诗词理论研究。加强诗词理论研究，是提升诗词创作水平和评论水平的重要基础，因而也是传承、繁荣和发展中华诗词事业的重要方面。历朝历代的『诗话』『诗论』『诗品』很多，许多也很经典，比如王国维的《人间词话》。但中华诗词的理论研究并没有终结。相反，我们当代人在前人积淀的基础上，利用现代技术，对诗词资源占有的信息量之丰厚，查询之便捷，远远超过前人，不可同日而语。有这样的优势，在诗词理论研究上，我们有条件超越古人。不但对诸如屈原、李杜、苏辛等诗人诗作的研究，而且对中华诗词规律、规则的研究，都应当也可能有新的发展。从现状看，诗词理论的研究，与诗词事业的总体发展不甚匹配，也是一项短板。也需要加强。

七、关于重视培养青年诗人。我同欣淼同志多次就这个问题交换过意见。刚才有几位同志也讲到这个问题。青年是祖国的未来，青年诗人也是中华诗词事业的未来。青年诗人的不断涌现，是中华诗词事业传承、繁荣和发展的关键所在。在这方面，诗词界、教育界等已经做了大量工作，取得不少成绩。但还不够，包括我们诗词学会也是老人老面孔多，年轻人新面孔少。如何发现、培养和推介青年诗人，也需要深入研究，要有长远规划和具体措施，让中华诗词的传承和发展后继有人。对女子诗词创作队伍也要重视。诗词学会适应形势，成立青年诗词工作委员会后，又成立女子诗词工作委员会，是件好事，应大力支持。

八、关于古体诗和新体诗。以格律诗为代表的古体诗和自由体新诗，都是诗，只是诗的文体不同。就某一种诗体的具体诗篇而言，有好差之分，但就不同文体而言，没有高下之别。就像体育领域的不同项目，项目内部比要分伯仲，但不同项目之间不好决胜负。古体诗与新体诗，各有所长，各有所短，不会相互替代，不应相互排斥，相反，应相互借鉴，各展其长，比翼齐飞，共同发展。古体诗要向新体诗学习，吸取其优点，比如自由顺畅，白话入诗，俗中见雅等，像聂绀弩的诗亦文亦白、信手拈来，有着诸多新体诗的营养，是现当代古体诗词的一座别具一格的高峰；新体诗也要向古体诗学习，吸取其长处，比如抑扬顿挫、朗朗上口、简洁明快，像贺敬之、郭小川等的一批著名诗篇也有着众多的古体诗的基因，成为新体诗的高峰。在中华诗歌的诗坛上，两者的合作出现了不少新气象。今天，中华诗词学会举行的座谈会，李少君等新体诗的诗人参加了；作协举行的诗歌座谈会，也有古体诗的诗人参加；《诗刊》开辟了古体诗专栏，《中华诗词》也开辟了新体诗专栏。刚才顾浩、国成同志有个更大胆的建议，两个诗坛有可能的话要进行整合，变成一个诗坛。我想，如果一时做不到，可以先从办刊、出书、研讨、评奖、培训、采风等方面联合工作开始。比如，《诗刊》年度奖和年度诗的评选，是否可以办得再大一些，主办方是否可以加上中华诗词学会和中华诗词研究院，联合举办，更具权威性，更有影响力。

九、关于诗词的『联姻』。中华诗词，与辞赋楹联有着共同基因，与吟诵音乐与生俱来，与书法绘画常为一体，因此繁荣发展中华诗词要与其他文化形式『联姻』，相互借力，相得益彰，共同繁荣。刚才欣淼等几位同志对发展散曲、开展吟诵、谱曲配乐提出了很好的建议。散曲实际上是格律诗从五七言至宋词之后的一种新的格律诗的形式，而中华诗词本身具有的极其鲜明的『节奏美』和『音乐美』，也使通过吟诵配乐传播，成为传承、繁荣和发展中华诗词事业的重要途径。好的诗词吟诵和配乐，可以更好地体味中华诗词之美，可以使孩子们从小就受到中华诗词的熏陶。这些年来无论是诗词配乐，还是诗词吟诵的工作，都有很大进展。我知道，一个时期以来，著名作曲家谷建芬老师专注一件事，就是为中华诗词等谱曲，受到师生、家长和大众的欢迎。我赞成刚才林峰同志的意见，吟诵也要把握方向，坚持『知古倡今』，特别是对孩子们应以普通话为主，不能使人产生吟诵怪腔怪调的误解，不能脱离今人的语言习惯和审美要求。

十、关于中华诗词学会的组织指导工作。传承、繁荣和发展中华诗词事业，有那么多事情要做，需要在党的领导下，方方面面共同努力。其中，中华诗词学会要发挥好组织指导和推动作用。中华诗词学会有三十多年的工作基础和积累，要在总结经验、巩固成绩、正视问题的基础上，力求有更大的作为，作更多的贡献。中华诗词学会的工作，既要有纵向指导，发挥各级诗词学会的积极性和创造性，欣淼、罗辉同志和几位诗友的发言中都讲到地方同志的创造性开展工作的做法和经验，值得总结和推广；又要有横向联合，与诗歌、楹联、书画、音乐等其他兄弟学会、协会加强协作，相互支持，共同推动中华诗词事业发展；还要加强自身建设，要有广阔的胸怀和奉献精神，精诚团结、务实进取，使中华诗词学会办得更好，更上层楼。

当前，中华诗词事业发展形势向好，局面来之不易，要倍加珍惜。中华诗词事业在新的历史时代，一定要也一定会更加繁荣。这是因为，中华诗词以其内在之美，具有无穷的魅力和强大的生命力；中华诗词作为中华民族优秀传统文化的重要组成部分，已渗入中国人的血液和灵魂，有着极为广泛深厚的群众基础；中华诗词事业得到党中央的高度重视，毛主席的诗词是近现代中华诗词的新的高峰，发挥着引领作用，朱德、陈毅等其他老一辈领导人的光辉诗篇，也对今人产生着重大影响，近平总书记在讲话中经常引用中华诗词，带头填词作诗，批评纠正一些地方中小学课本中减少诗词的短视的做法，党中央关于弘扬中华优秀传统文化的多个文件中不但写入『中华诗词』而且放在突出位置上。这种中华文化自信和繁荣发展的大背景，是促进中华诗词事业发展的极为有利的条件。中华诗词界的同仁们，我们要抓住机遇，不辱使命，把传承、繁荣、发展中华诗词当作事业来干，为中华优秀传统文化的弘扬，为中华民族的伟大复兴作出我们应有的贡献。

（作者附注：由于是在诗词座谈会上边听边记边想的即席发言，十个题目，未顾及先后顺序；重在点题，有的也未及多说。会后，根据现场记录，在保持原意的前提下，调整顺序，加工文字，抛砖引玉，以期讨论。）

二〇一九年十一月二十七日

马凯诗词选

心聲集

上卷

（增订本）

中国书籍出版社
China Book Press

图书在版编目（CIP）数据

心声集：马凯诗词选 / 马凯著. -- 增订本. -- 北京：中国书籍出版社, 2020.10
ISBN 978-7-5068-7989-7

Ⅰ. ①心… Ⅱ. ①马… Ⅲ. ①诗词—作品集—中国—当代 Ⅳ. ①I227

中国版本图书馆CIP数据核字（2020）第175969号

心声集：马凯诗词选（增订本）

马凯　著

责任编辑	王　平　李国永
责任印制	孙马飞　马　芝
封面设计	东方美迪
出版发行	中国书籍出版社
地　　址	北京市丰台区三路居路 97 号（邮编：100073）
电　　话	（010）52257143（总编室）　（010）52257140（发行部）
电子邮箱	eo@chinabp.com.cn
经　　销	全国新华书店
印　　刷	河北京平诚乾印刷有限公司
开　　本	787毫米 × 1092毫米　1/16
字　　数	200千字
印　　张	33.5
版　　次	2020年 10 月第 1 版　2020 年 10 月第 1 次印刷
书　　号	ISBN 978-7-5068-7989-7
定　　价	99.00 元（上下卷）

版权所有　翻印必究

总目录

上卷

下卷

自序

本集为十年前出版的《心声集》的增订本。仍分为四篇，只是增加了篇目、减少了注释、调整了附录。

诗，是心灵的窗口，是人生的足迹，是友情的纽带。我仍愿以我的第一本诗集《行中吟》自序中的一句话，作为本书自序的结束语，即：『倘若，或一句，或一首，于人有裨，于世有益，不废纸墨，不枉人时，足矣。』

是为序。

马　凯

二〇二〇年元月

上卷目录

感悟篇

心聲集

目录 八

沧桑篇

感悟篇

山坡羊·日月人三首

红日

拔白破夜，
吐红化雪，
云开雾散春晖泻。
煦相接，
绿相偕，
东来紫气盈川岳。
最是光明洒无界。

升，
也烨烨；
落，
也烨烨。

二〇〇三年

明月

星空银厦，
粼波倒塔，
小桥倩影谁描画？
皓无瑕，
素无华，
悄悄来去静无价。
只把清辉留天下。
来，
无牵挂；

去，
无牵挂。

一九九二年

自在人

胸中有海，
眼底无碍，
呼吸宇宙通天脉。
伴春来，
润花开，
只为山河添新彩。
试问安能常自在？
名，
也身外；

利，
也身外。

一九九二年

五绝·观日

跃海破天明，
凌空沐物生。
转身山半落，
快马又一程。

一九八〇年

七绝·钱塘观潮

遥看天边一线来，
涛声渐奏万骑雷。
拔江立水排空过，
试问谁能掣浪回。

一九八四年九月

【注】

【钱塘观潮】钱塘江位于浙江省境内。我国沿海潮汐以钱塘江海潮最为壮观。一九八四年九月在浙江省莫干山参加全国第一次中青年经济体制改革研讨会后，与友同往钱塘江观潮，触景生情，深信改革如潮，势不可当。

五古·晨练太极

起势天方晓，
行云未惊鸟。
韵步柔无声，
不信寿星少。

一九九二年

【注】
【晨练太极】一九九二年在中央党校学习期间，每晨随教师学打太极拳。
【起势】简化太极拳法共二十四式。第一式为『起势』。

长相思·赠友

步白居易原韵

黄河流，
长江流，
流向东方不掉头。
何须酒解愁。
醒悠悠，
梦悠悠，
梦到美时恐止休。

天明还步楼。

一九九三年三月

七绝·胡杨林赞

根扎大漠敢遮天，
铁骨苍枝岁过千。
死后千年仍挺立，
倒还不朽又千年。

一九九三年七月

【注】

【胡杨】落叶乔木，生长在沙漠地带。第一次在新疆塔里木河流域塔克拉玛干大沙漠上看到成片胡杨林，听当地维吾尔族老人说『胡杨树活一千年不死，死一千年不倒，倒一千年不朽』，感慨而作。

卜算子·咏梅

步陆游原韵

悄立落花边，
无意偏得主。
才教冰融扫尽愁，
又唤催苗雨。

执著报新春，
哪管他花妒。
沐雪浴风不染尘，

岁岁洁如故。

一九九八年

七绝·难眠

头虽落枕且翻身，
总有竹声绕在心。
但助难题得破解，
何妨晓镜又添银。

一九九八年

【注】
【总有竹声绕在心】郑板桥有诗云：『衙斋卧听萧萧竹，疑是人间疾苦声。些小吾曹州县吏，一枝一叶总关情。』

七绝·读贾岛诗词有感

墨研纸展落毫难，
两月三行未句篇。
字字推敲须捻断，
少留遗憾在生前。

一九九八年十二月

七绝·夜尽日圆

万象苍穹总有缘，
千般岁月本无边。
绳长难系斜阳落，
夜尽正催旭日圆。

二〇〇〇年

【注】
唯物辩证法认为，事物是普遍联系、永恒发展的；发展是有规律的，规律是客观的、不以人的意志为转移的。

七绝·戒妄

无奈池中空揽月，
可怜镜里枉摘花。
开弓徒挽回头箭，
屈指难量大漠沙。

二〇〇〇年

七律·时弊

代笔何妨顶桂冠，
图财哪管愧苍天。
渔婆美梦接着做，
皇帝新衣照旧穿。
作秀人嘲还窃喜，
吹牛自破不羞惭。
从来大浪淘沙尽，
一意孤行万丈渊。

二〇〇五年八月

【注】

【渔婆美梦接着做】俄罗斯诗人普希金叙事长诗《渔夫和金鱼的故事》中讲，贫困的渔夫捕到一条可以满足他所有愿望的小金鱼，渔婆得知后贪得无厌地向小金鱼提出要求，甚至做了女皇仍不满足，最后小金鱼让她重新回到了最初穷困潦倒的状况。

【皇帝新衣照旧穿】丹麦作家安徒生的著名童话《皇帝的新衣》讲述了一个贪慕虚荣的皇帝穿着根本就不存在的『新衣』在大街上游行，最终被童真直言揭穿的故事。本句为沈鹏《圆明园》句。

五绝·淡泊人生

显贵浮云去，
虚名逐浪沉。
淡泊心守静，
抱璞我归真。

二〇〇一年三月

【注】
【淡泊心守静】诸葛亮《诫子书》云：『非淡泊无以明志，非宁静无以致远。』
【抱璞我归真】《战国策·齐策四》：『归真反璞，则终身不辱。』

五绝·气节赞

梅碾香犹在，
丹磨赤自存。
石焚洁似雪，
玉碎质还真。

二〇〇一年九月

【注】

【渔婆美梦接着做】俄罗斯诗人普希金叙事长诗《渔夫和金鱼的故事》中讲，贫困的渔夫捕到一条可以满足他所有愿望的小金鱼，渔婆得知后贪得无厌地向小金鱼提出要求，甚至做了女皇仍不满足，最后小金鱼让她重新回到了最初穷困潦倒的状况。

【皇帝新衣照旧穿】丹麦作家安徒生的著名童话《皇帝的新衣》讲述了一个贪慕虚荣的皇帝穿着根本就不存在的『新衣』在大街上游行，最终被童真直言揭穿的故事。本句为沈鹏《圆明园》句。

五绝·书斋

室雅香泼墨，
心清趣读书。
粗茶和古韵，
拙笔润新符。

二〇〇一年十二月

五绝·企盼

锄罢盼秋收，
渠成待水流。
怀胎足满月，
翘首望归舟。

二〇〇二年

【注】
宋代汪洙《神童诗》有云人生四大乐事：『久旱逢甘雨，他乡遇故知。洞房花烛夜，金榜题名时。』本诗云人生四项企盼。

古风·学书

谋篇在胸，
蓄势贯笔。
点画裕如，
提按惬意。
折转酣畅，
往收俊逸。
大小错落，
长短交替。
粗细适宜，

疏密得体。
虚实相生，
黑白互济。
断连呼应，
首尾一气。
法而不拘，
功到自器。

二〇〇二年九月

七绝·读《道德经》

春来秋往非人力，
叶老枝新本必然。
似是无为真自在，
难得有度果安恬。

二〇〇三年三月

【注】
【似是无为真自在】指对老子『道常无为，而无不为』的思想可作取其精华、去其糟粕的理解。『无为』并非是指无所作为，而是指要遵循规律，不可违背规律，要顺乎自然，不可强悖于自然。做到这点，又可『无不为』，从必然王国走向自由王国。

五绝·学诗

水淡能收月，
毫柔也纵龙。
真情流笔下，
大气溢胸中。

二〇〇三年六月

五绝·夜读

读书贪夜静，
习草养心清。
不禁失声笑，
妻曰已几更。

二〇〇三年八月

五绝·咏物六首

崇山

坐地擎天立，
凌空放眼收。
迎风磐不动，
纳雨水争流。

澈水

坦荡连天去，
清流化雪来。
柔随千器异，
润入万花开。

沐雨

洗绿轻梳柳，
滴红细润颜。
尘埃一扫尽，
清气满人间。

瑞雪

玉落千峰素，
花飞万里澄。
无痕融水去，
尽在蕴春生。

长风

拂花甦大地，
摇影送清馨。
剪过繁枝落，
沙飞傲骨生。

劲草

遍野无声长，
悬崖有隙生。
雪压根不死，
春到绿乾坤。

二〇〇三年十一月

【注】

【清流】清澈的流水。旧时常用来称负有名望，不肯与权贵同流合污的士大夫。《三国志·魏志·陈群等评传》：『陈群动仗名义，有清流雅望。』

【柔随千器异】老子曰：『天下莫柔于水，而攻坚强者莫之能胜。』水以其柔而有很强的应变能力、适应能力，容器的形态变化了，水的形态也跟着变化，与器俱变，与时俱进。

【长风】四句分别写春风、夏风、秋风和冬风。

五绝·咏物又六首

冬梅

雪漫催花俏，
花香伴雪飞。
何须争上下，
共舞唤春归。

春兰

原本居幽谷，
谁移闹市中。
依然香淡雅，
不肯共西风。

夏荷

婷婷不染身，
并蒂俩天真。
藕断丝难断，
淡香也醉人。

秋菊

百卉春争艳，
东篱独后开。
凌霜花更放，
别有晚香来。

青松

壁峭苍虬劲，
枝高落日低。
乱云从眼过，
犹绿见霜期。

修竹

破土指云霄，
一节一步高。
从来无媚饰，
宁断不弯腰。

二〇〇四年十二月

五绝·咏物四首

雨点

点点跳花珠，
风来扫却无。
悄然滴入土，
润野故如初。

雷公

压城云不开，
蔽日起阴霾。
自有天公吼，
长空入目来。

霜叶

初寒打叶时，
浅晕两三枝。
及看千山赤，
开颜笑未迟。

雪 花

飞天一色花，
落地几层纱。
尽滤浮尘去，
清新入万家。

二〇〇九年二月

七绝·感悟四首

大写人

两袖清风不染尘，
一衣明月尽耕耘。
蓝天作纸山为笔，
饱蘸江湖大写人。

映山林

云舒云卷任晴阴，
斜雨横风咬定根。
又是秋寒霜打叶，
依然红火映山林。

一介尘

毁誉得失自定神，
是非功过在人心。
仰天无愧安归土，
原本星空一介尘。

几曾留

大江滚滚向东流，
浪沫嘈嘈总不休。
时起时伏争耀眼，
匆来匆去几曾留。

二〇〇九年四月

七律·牡丹

从来不与众花争，
绿叶相扶默默生。
广纳千娇成国色，
兼收万态冠群英。
曾居华贵高堂客，
早泛天香百姓朋。
纵使春阑才吐艳，
依然无愧状元名。

二〇〇九年七月

七绝·读书者言十首

其一　书籍

书山顶上三重境，
生命途中一盏灯。
润雨春风何惬意，
良师益友伴终生。

其二 开卷

推门满院尽芳菲，
萎草残枝未掩辉。
采蜜溢香常醉客，
成灰腐朽可当肥。

其三　好书

好书不厌百回读，
常品常新味道殊。
但有家珍能饱眼，
粗茶陋室也心足。

其四　精读

美酒从来厚酿成，
齿香细品味无穷。
溯源析缕须自悟，
功到悠然一点通。

其五　泛读

一目十行随意翻，
日积月累眼天宽。
门牌号码心中记，
待到需时信手拈。

其六　勤学

枕边厕上三余后，
翰海神游好快哉。
灯下贪吟嫌夜短，
梦中呓唤取书来。

其七　好问

似无疑处敢存疑，
细辨求真韧不移。
惑解惑生无止境，
学焉问也本相依。

其八　购书

熙熙书市难移步，
满架琳琅目不暇。
沙里淘金人自乐，
七折八扣捧回家。

其九　裁书

环壁中央处处堆，
忍心无奈下架谁。
左筛右选七八册，
放入筐中又取回。

其十　用书

书到用时方恨少，
高阁束置却嫌多。
践学相长读无字，
处事为人仰圣哲。

二〇〇七年一月

【注】

【好书不厌百回读】宋·苏轼《送安惇落第诗》有云：『故书不厌百回读，熟读深思子自知。』

【三余】《三国志魏书·王肃传》：『冬者岁之余，夜者日之余，阴雨者时之余也。』

【似无疑处敢存疑】宋·张载《经学理窟·义理》有云：『读书先要会疑。于无疑处有疑，方是进矣。』宋·陆九渊《语录》：『为学患无疑，疑则有进。』

【书到用时方恨少】清·杜文澜编《古谣谚》：『书到用时方恨少，事非经过不知难。』

【践学相长读无字】周恩来总理曾撰联：『与有肝胆人共事，从无字句处读书。』提倡既要读有字书，又要读无字书，两者相辅相成，相互促进。

七律·贺中华诗词学会成立二十周年

漫卷吟旗岁月稠，
今声古韵共风流。
情由心曲清泉涌，
境赖眼独画笔收。
炼字无痕雕饰去，
求新有味自然留。
引吭盛世砭时弊，
翘首诗坛更上楼。

二〇〇七年五月十二日

五言排律·自知人尚浅

世界真奇妙，
斯人叹更绝。
细胞核万亿，
染色体廿些。
有序神排列，
无间谁续接。
组合稍变化，
性态显区别。
经络寻难见，

思维涌不竭。
微机虽海量，
大脑总先觉。
骨肉分工巧，
手足合作谐。
自知人尚浅，
天问考科学。

二〇〇六年十一月二十五日
于巴基斯坦伊斯兰堡

【注】

【细胞核万亿，染色体廿些】据载，人体有五十——七十万亿个细胞，二十三对染色体，三四万个基因，三十亿个核苷酸序列。

【自知人尚浅，天问考科学】屈原曾写《天问》，求索世界之奥秘。人对自己的认识，至今仍很肤浅，其自身之谜，是大自然出的一道试题，有待科学去回答。

古风·望东方

仿李白《蜀道难》句式

噫吁嚱，
伟乎壮哉！
远望东方，
东方太阳红！
击水才两冬，
感慨已无穷。
甜酸苦辣尝百味，
风浪冰霜试身功。

浪大难拦鱼穿水，
风狂何碍鹰击空。
雪压霜打冰封日，
然后苍松愈青梅更红。
雄翅千翕千展仍高翔，
大江九曲九注复向东。
泰山之高尚不能挡，
奔流已过壑千重。
惊涛何汹汹！
自古磨难铸英雄。
庭院难养千里马，
花盆岂栽万年松。

得来真知由实践，
扫去空谈借东风。
事就无不靠群众，
业成唯有投工农。
三世而斩犹可训，
警钟隆！
远望东方，
东方太阳红，
前赴后继求大同。
征长万里我接力，
担重千斤自为荣。
先驱断头无所惧，

后辈献身亦从容。
说千也道万，
千古治国大计何为第一宗？
得人心者得天下，
道循脚底，
民立心中。
生命虽有限，
事业永无终。
兴我中华，
唯此为重；
结友全球，
天下为公。

愿将满腔血，
飞天化长虹。
远望东方，
东方太阳红，
冉冉升起正彤彤。

一九六八年八月

【注】
【望东方】一九六八年经历两年起伏动荡，有感而发。全诗仿唐李白《蜀道难》之句式。
【三世而斩】『三世』指三代；斩，断绝，尽。意指无功受禄，富不过三代。见《战国策·触詟说赵太后》。此文为当年毛主席所推荐。又『君子之泽、五世而斩』，见《孟子·离娄下》。

西江月·考验

攀岳本无直路，
远航常遇激流。
不平万浪岂甘休，
笑对磨难奋斗。

能进能退天阔，
无私无畏自由。
雷鸣电闪不低头，
海燕翱翔依旧。

一九七〇年六月

【注】

【考验】写于一九七〇年六月『文革』中去干校前。

【雷鸣电闪不低头，海燕翱翔依旧】高尔基《海燕之歌》写道：『海燕叫着，翱翔着，如同一道黑色的闪电，像箭一般刺穿乌云，用翅膀削去浪尖的水花。』

七律·月晕当风

步白居易放言五首之二原韵

谁言无法解狐疑，
月晕当风岂用蓍。
皂泡浮光徒目满，
鸱枭鸣轭枉心期。
小人逞勇风平日，
奸佞逢迎目掩时。
应信僵虫身未死，
庐山日出面真知。

一九七二年

【注】

【月晕当风】晕，日、月光线经云层中冰晶的折射或反射而形成的光象，多发生在卷层云上。喻意：月亮周围出现了光圈，天就要刮风。古谚：『日晕三更雨，月晕五时风。』苏洵《辨奸论》：『月晕而风，础润而雨。』此句说明事物发生都是有先兆的，有规律可循的。

【步白居易放言五首之二原韵】白居易曾写《放言》五首，以史论今，说明在现实生活中真与假并存，虽难辨，但终可辨。林彪事件后，步白居易放言五首之二原韵而作之。

【狐疑】遇事犹豫不决。颜师古注《汉书·文帝纪》：『狐之为兽，其性多疑，每渡冰河，且听且渡，故言疑者，而称狐疑。』

【蓍】音师，植物名，亦称蓍草，菊科。古代常用其茎来占卜吉凶，故亦为古卦的代称。《史记·龟策列传》：『王者决定诸疑，参以卜，断以蓍龟。』

【鸱枭鸣轭】鸱枭，猫头鹰，比喻坏人。轭，木辕前横木下夹在马颈的曲木。此句指不祥之鸟在车乘旁，比喻君侧多恶人。三国，魏·曹植《赠白马王彪》：『鸱枭鸣衡轭，豺狼当路衢。』衢为道路之意。

沁园春·远航

漫漫人生，
破浪远航，
壮志怎酬？
看萤囊小舍，
亮由北斗；
大家宏论，
远上层楼。
道有常则，
法无定术，

相长知行真谛求。
执金杖，
待捉鳖揽月，
谁站排头？

从来民铸春秋，
信水可载舟亦覆舟。
问万花集锦，
可离黛绿？
百川归海，
能少涓流？
心有苍生，

身无挂累，
坦荡胸怀总自由。
踏崎岖，
奔壮观胜景，
永不言休。

一九七七年七月一日

【注】

【远航】一九七七年作者于中共北京市西城区委党校任教员。七月一日庆祝党的生日，读共产党员《五个必须做到》，写词一首刊于板报。

【看萤囊小舍，亮由北斗】《晋书·车胤传》载，车胤家贫，无油点灯，便收集萤火虫装在白绢口袋中照亮读书，遂用『萤囊』表示勤学苦读。亮由北斗，指有北斗星指明前进方向。

【大家宏论，远上层楼】大家，指革命导师。宏论，指其著作。全句是讲读了导师的著作，可以站得高，看得远。唐王之涣诗《登鹳雀楼》：『欲穷千里目，更上一层楼。』

【道有常则】道，指事物发展和运动的客观规律，它是不以人的意志为转移的，是永恒的。

【法无定术】法，指办法、方法，它是要随时间、地点、条件而变化的，不是一成不变的。

【金杖】这里指真理。

【水可载舟亦覆舟】见唐《魏徵》：『君，舟也；人，水也。水可载舟，亦能覆舟。』故舟水之比，载覆之说，自古从政者多重。

三言诗·九九箴言

民为本，国为重，公为先。
识时势，举大体，居高瞻。
明是非，通情理，懂方圆。
求真情，办实事，敢直言。
兼刚柔，能取舍，贵周全。
闻道喜，知过改，见善迁。
严律己，宽待人，广结贤。
淡名利，轻富贵，守清廉。
循天道，顺民意，归自然。

二〇〇一年六月二十九日

【注】

【民为本，国为重，公为先】《书·五子之歌》：『民惟邦本。』《孟子·尽心下》：『民为贵，社稷次之，君为轻。』《礼记·礼运》：『大道之行也，天下为公。』

【识时势，举大体】时势：当时的大事或形势。《三国志·蜀志·诸葛亮传》注引《襄阳记》：『识时务者，在乎俊杰。』大体：事关大局的重要道理，大要，大纲。《三国志·魏志·陈矫传》：『操纲领，举大体。』

【懂方圆】《孟子·离娄上》：『离娄之明，公孙子之巧，不以规矩，不能成方圆。』

【兼刚柔】刚强与柔和兼而有之，相辅相成。《易·系辞上》：『刚柔相推，而生变化。』《老子》：『守柔曰强。』

【循天道，顺民意，归自然】指归根到底要遵循规律，顺乎民心，回归自然。

七律·贺中国书法申遗成功

砚池墨浪涌千秋，
腕底腾龙盘九州。
妙在虚实生万象，
奇出点画变无休。
云游剑舞随心起，
斗转星移信手留。
书圣有灵应庆慰，
殷询何日更高楼。

二〇〇九年十二月

七绝·写在中华诗词学会第三次代表大会召开之际

又是春风染绿时，
唐松宋柏吐新枝。
缘何叶茂参天立，
赖有根深沃土滋。

二〇一一年五月

七律·六五述怀

跃马忽觉过壮年，
未曾松套自加鞭。
耘田只恐阳斜落，
把卷欣逢月正悬。
翰海拾珠生惬意，
关山览胜见悠然。
蹄声渐远难绝耳，
信是伏身又向前。

二〇一一年六月二十九日

七绝·听传人古筝

心清室静曲悠悠，
万籁皆空哪见愁。
闹市何嫌知己少，
弦咽人泣为谁流。

二〇一二年

【注】
友人约会古筝之传人，席间其人曰：当下知音者少矣。弹罢，闻者戚戚然。

七绝·求真善美

求真善美此生来，
褒贬得失早忘怀。
明月不随流水去，
清风敢扫雾云开。

二〇一二年

七律·咏海棠

叹观院内海棠老树，岁愈三百，春华秋实，生机依然。又闻海棠诗社重启，凑为几句，聊以助兴。

老干新枝也过墙，
嫩芽争放送清香。
风来漫地梨花雪，
雨后摇身碧玉妆。
难怪苏翁常上火，
顿怜贾府总回肠。
而今只待金秋到，

肥果胭红装满筐。

二〇一二年四月

五律·雪日读书有感

踏雪独开路，
约梅共探春。
寒风添傲骨，
飞絮长精神。
几度曾无径，
豁然又一村。
但闻香细语，
醉了觅花人。

二〇一三年三月

七绝·贺『诗词中国』传统诗词创作大赛圆满举办

胜日群芳竞绽开，
谁言根败叶凋衰。
山花遍地收难尽，
更有奇葩夺目来。

二〇一三年十一月

【注】

二〇一三年七月八日，由光明日报、中华书局、中央电视台、中国移动、中华诗词学会、中华诗词研究院共同举办的『诗词中国』传统诗词创作大赛圆满落下帷幕。欣闻短短三个月，短信参与一点二九亿人次，新作三点九万首（《全唐诗》共四点九万首），其中不乏好诗。又联想到约百年前胡适先生曾把格律诗列入『陈腐文化』，打翻在地；约六十年前，连柳亚子先生也无可奈何地感叹『再过五十年，是不见得会有人再作旧诗了』，感慨系之。

七绝·次韵沈老『庚寅元日诗』

天翻地覆又庚寅，
梦未全圆岂退身。
椽笔一枝书夙愿，
长空撇捺至尊亲。

二〇一五年一月

【注】
二〇一〇年为中国农历庚寅年。元日即春节。沈鹏先生作七绝《珠海庚寅元日晨起即句》。

七律·六九述怀

惯看华丝记岁痕，
从来无悔只唯真。
风吹不动心中月，
雨打难移脚下根。
偏爱书山贪悟道，
何惜汗水乐耕耘。
还将秉笔为新赋，
依旧家国一老臣。

二〇一五年六月二十九日

七律·写在中华诗词学会第四次代表大会召开之际

大地春回盼未迟，
唐松宋柏又新枝。
随心日月弦中起，
信手风云笔下驰。
骚客曾忧无续曲，
吟坛应幸有雄诗。
山花烂漫人开眼，
更待惊天泣雨时。

二〇一五年七月二十日

【注】

【骚客曾忧无续曲】六十多年前，柳亚子曾悲叹曰：『再过五十年，是不见得会有人再作旧诗了。』

【吟坛应幸有雄诗】毛泽东诗词是中华诗词新的高峰。

七律·再读《道德经》

函谷开关迎紫气，
草楼对月演天则。
道如可道非常道，
德至玄德是上德。
无有阴阳生万物，
虚实反正贯六合。
五千二百三十字，
看似无为却大哲。

二〇一六年一月

【注】

【玄德】老子《道德经》云：『生而不有，为而不恃，长而不宰，是谓玄德。』意思是说，生育但不占为己有，推动但不居功自负，为首但不主宰一切，这就是玄德。

【上德】《道德经》云：『上德不德，是以有德；下德不失德，是以无德。』意思是说，上德，不自居、不表现（『无德』），最终成万德的最高境界；下德，爱表现，重形式（『不失德』），最终可能归于无德。德，达到了『玄德』，即是『上德』。

【看似无为却大哲】老子的『无为』意指，尊重和顺应自然，在规律面前不妄作。

七律·贺《中华辞赋》创刊三周年

六载蓄芳莫谓迟，
三秋竞放俏一枝。
花香自有群蜂聚，
草碧任凭万马驰。
笔底沧桑收古赋，
人间忧乐化新辞。
通灵钟吕呼和鼓，
共为中华圆梦时。

二〇一七年 元旦

【注】

【中华辞赋】杂志，二〇〇八年起试刊，历时六年，二〇一四年正式发刊至二〇一七年又三年。

钗头凤·美哉中华诗词

霓裳袖，
丝竹奏，
泪盈潮涌心扉叩。
格工对，
律谐配。
落寥寥笔，
尽收霞蔚。
美！美！美！

诗良友，
词醇酒，
万年难断香传口。
真为贵，
魂融内。
敲平平仄，
不穷滋味。
醉！醉！醉！

二〇一七年四月

七律·写在首届中华诗人节和第八届海棠雅集即将举办之际

诗祖文魂百代传，
雅集盛会嗣群贤。
柔风吹句涟漪起，
豪气当歌日月悬。
酒美宜人凭厚酿，
花香醉我自天然。
推敲落笔三分力，
笔外七分品位先。

二〇一八年四月

【注】
诗祖，即屈原。

五言古风·梁启超家教家风感怀

一门三院士，
九子俱英才。
若问缘何故，
家风拂面来。
修身重义理，
立志蕴情怀。
大器勤为径，
博学苦作台。
自强平坎坷，

内敛扫尘埃。
敬业抛生死，
报国系盛衰。
清风携润雨，
好种趁春栽。
且看成林日，
繁花次第开。

二〇一八年十一月

七绝·访东坡书院感怀

宦海沉浮一笑之，
文坛却幸领高枝。
大江明月无情恼，
西子庐山鹄立时。

二〇一八年十二月二十日

【注】后两句均化自东坡诗词句。

七律·王圆箓之问

图残臂断自鸣空，
万卷尘经偶现容。
有意护窟沮丧士，
无珠卖宝糊涂虫。
亦功亦过功中过，
为过为功过外功。
本是国之伤痛事，
可悲一介布衣翁。

二〇一九年八月

【注】

【王圆箓】为一道士。生约一八五〇年，卒一九三一年。生于陕西，流落酒泉，定居敦煌，并偶然发现『藏经洞』。为保护修复洞窟，四处奔走无望。后有眼无珠，将大量经书贱卖给外国人（现仍在外国博物馆），所得款项又用于修缮。对如何评论王圆箓历有争议。

七绝·贺第四届『诗词中国』传统诗词创作大赛圆满落幕暨『诗经里』诗词研讨会召开

缘何风雅领风骚，
味厚情深品自高。
悦耳小童脱口诵，
兴观群怨待新潮。

二〇一九年八月

【注】

【诗经里】位于陕西省西安市沣河之滨，是全国首个诗经主题特色小镇。

【兴观群怨】孔子《论语·阳货》云：『诗，可以兴，可以观，可以群，可以怨。』兴，抒发情志；观，观察（社会、自然、人）；群，结朋交友；怨，讽谏怨刺（不争之事）。

七绝·诗书画印自一家四首

其一

言犹未尽始成诗，
群怨兴观笔下驰。
重抹轻描随乐起，
画中润雨入心时。

其二

诗非尽兴溢为书，
点画虚实自卷舒。
意笔相彰缘比翼，
同根汉字妙尤殊。

其三

书凭气韵犹如画，
一法同源两别枝。
取势布虚皆至要，
神形兼备各多姿。

其四

画留白处题跋印，
水墨无言补可发。
点黛分朱相应衬，
诗书画印自一家。

二〇二〇年三月

【注】
苏轼称王维诗『诗中有画』，『画中有诗』；又云『诗不能尽，溢而为书，变而为画』。张彦远云：『书画用笔同法。』

五绝·拉车有感十首

余自一九六五年参加工作至二〇一八年退休，经多个部门，越半个世纪，一朝回首，感慨万千，对怎样做人，如何做事，何谓正邪，孰当行止等，多有感悟，打油十首，聊表一二。

其一

生逢跨世纪，
追梦望神州。
荷担求实派，
拉车孺子牛。

其二

本来微介士，
无意计公侯。
日日一滴水，
涓涓汇海流。

其三

熙攘尘嚣外，
泛舟书海游。
小得人已醉，
大悟再何求？

其四

正误原常在，
兴衰故可究。
不唯书与上，
求是素无尤。

其五

多问难迷眼，
勤思更上楼。
实情心底计，
胜券掌中收。

其六

有度真民主，
无规伪自由。
兼听能慧耳，
广议出良筹。

其七

为人羞拍马，
做事耻吹牛。
反胃人双面，
洁身不与谋。

其八

话假毋庸讲，
言真何所忧。
庙堂须谏士，
社稷系心头。

其九

名利悬头剑，
贪婪阶下囚。
常怀上止正，
不改静清修。

其十

褒贬由人论，
心宽我自悠。
学思无止境，
奉献死难休。

二〇二〇年三月

【注】
【无尤】即没有过失，见《老子》『夫唯不争，故无尤』。
【心底计】《孙子兵法》首篇为《计篇》。杜牧注云：『计，算也。曰：计算何事？曰：之下五事，所谓道、天、地、将、法也。』
【上止正】有学者云，人生在世要向上、知止、守正。

沧桑篇

满江红·漫漫复兴路三首

——为中华人民共和国成立六十周年作

新生

汩水滔滔，
听天问，
几曾停歇。
文景治，
贞观昌盛，
康乾威烈。

无奈辉煌随落日，
更悲硝雾遮明月。
仰苍穹、渺渺路何方，
心急切。

戊戌恨，
谁能雪；
辛亥梦，
缘重灭。
幸南湖破晓，
日升云缺。
社稷岂容倭寇侮，

红旗不负先驱血。
倒三山、众手扭乾坤，
得天阙。

奠基

旭日东升，
待收拾，
残垣断壁。
开伟业，
有人欢喜，
有人抽泣。
大雪压枝梅更俏，
西风掠地旗难易。
共弯弓、壮志换新天，

穿云镝。

穷思变，

移山急；

贫受辱，

兴邦迫。

望蘑菇云起，

扬威今夕。

国误十年风雨乱，

党除四害春雷激。

但拨正、巨舰驭风行，

谁能敌。

腾　飞

大地回春，
天解冻，
江河蓄势。
洪流涌，
樊篱冲破，
千帆争驶。
绝处逢生更旧法，
审时适变开新制。
再启程、直上九重霄，
凭天翅。

百年耻，
从此逝；
成真梦，
于今始。
铸民康国富，
和谐新世。
未敢忘圆三步曲，
更难永续千秋史。
全赖有、别样路通天，
旌旗赤。

二〇〇九年七月

减字木兰花·千年交替夜

暮云送日，
一页翻过千岁史。
朝旭惊宵，
几缕迎来世纪交。

花开花败，
尽阅沧桑天未改。
钟抑钟扬，
再换人间路且长。

一九九九年十二月三十一日

【注】

【千年交替夜】一九九九年十二月三十一日夜，与众友同聚，看礼花腾空，听世纪钟鸣，仰旭日东升，迎接世纪之交年——二〇〇〇年的到来。

南歌子·新中国五十华诞

斗转人间换，
移山万众和。
蘑菇云起奈我何？
臂挽狂澜笑看扑灯蛾。

改制除时弊，
开关引先河。
小康乘上快行车，
手把春风岁岁奏新歌。

一九九九年国庆

【注】

【蘑菇云起奈我何】二十世纪五十年代末六十年代初，帝国主义从经济、技术上封锁新中国，苏联又撤回了援华专家，国内经济困难重重。但毛泽东一声令下：『我们中国也要搞原子弹。』集中精兵强将，依靠全国人民的支持，于一九六〇年，我国成功发射了第一颗导弹，一九六四年十月十六日，又成功地爆炸了我国第一颗原子弹。之后仅用了两年零八个月，又成功地爆炸了第一颗氢弹。两弹上天，彻底粉碎了国外敌对势力的封锁，大长了中国人民的志气，对确立中国在世界上的大国地位起了至关重要的作用。

东风第一枝·中国共产党八十华诞

椽笔春秋，
八十巨卷，
雄歌壮曲无数。
小船破夜灯明，
古城揭竿弋舞。
井冈烽火，
征万里，
燎原处处。
荡倭寇、直下金陵，

华夏五星旗树。

兴百废，
唤来春住；
奔四化，
拓开新路。
惊天两弹威扬，
探月飞舟高翥。
珠还耻雪，
铸盛世，
民安国富。
倚天柱、坐看云翻，

把酒再吟宏赋。

二〇〇一年七月

沁园春·纪念毛泽东逝世一周年

才断天梁，
又陨巨星，
犹在梦中。
见嫦娥舒袖，
泪盈寰宇；
吴刚捧酒，
情满苍穹。
马恩起身，
列斯炙手，

周引朱接上九重。
携杨柳，
众导师相聚，
共论大同。

五洲骇浪排空，
问大业怎容半道终？
看爬虫尽扫，
赤旗仍耸；
狂澜力挽，
百舸乃东。
指画宏图，

布新除旧，
重整河山腾巨龙。
慰先烈，
有神州鼎立，
几亿英雄。

一九七七年九月九日

【注】
【才断天梁】天梁指周恩来，于一九七六年一月八日在北京逝世。

蝶恋花·纪念毛泽东诞辰一百一十周年三首

革命篇

长夜沉沉难破晓。
路在何方，
北斗井冈耀。
信手排兵神算妙，
瓮中顽寇知多少。
挥指八年驱虎豹。

直捣黄龙，
所向披靡扫。
压顶大山三座倒，
东方既白春来报。

建设篇

万物复苏闻号角。
重绿河山，
求索中兴道。
亿万愚公齐步调，
神州大地添新貌。
任尔风狂旗不倒。
两弹惊空，
从此无人藐。

九曲大江奔未了，
日斑何损光辉照。

魅力篇

敢问沉浮谁主导。
武略文韬，
指点寰球小。
横目千夫魑魅扫，
鞠躬百姓人师表。
骤雪飞时梅更俏。
千古绝篇，
多少人倾倒。

功过是非争未了，
人民自是情难老。

二〇〇三年十二月

忆秦娥·怀念周恩来总理

清明节，
音容又现群声咽。
群声咽，
丰碑心立，
永难磨灭。
大鸾展翅弥天裂，
殚精竭虑图宏业。
图宏业，

高齐泰岳，
皓如明月。

一九七七年

【注】
【大鸾】周恩来的乳名。

七律·纪念邓小平百年诞辰

少年求索乘云帆，
百色揭竿已掌鞭。
逐鹿中原驱倭寇，
鏖兵淮海扫狼烟。
扶危拨乱乾坤手，
革故鼎新锦绣天。
三度沉浮忠胆在，
一腔热血报轩辕。

二〇〇四年八月

满江红·抗日战争胜利六十周年

步岳飞词原韵

弹雨腥风，
卢沟暗，
泣声未歇。
雄狮醒，
家仇誓报，
国恨尤烈。
火海踏平驱倭寇，
阴霾扫尽重明月。

人亿万、忠骨筑长城，
歌悲切。

民族耻，
八年雪；
谁兴孽，
都将灭。
怅神州大地，
金瓯还缺。
但使永承英杰志，
不教空洒炎黄血。
唯自强、屹世界之林，

中华阙。

二〇〇五年八月

七绝·斥美恶行

血溅国旗怒断肠，
岂容恶霸逞张狂。
神州大地齐天吼，
不受欺凌唯自强。

一九九九年五月

【注】

【血溅国旗怒断肠】一九九九年五月八日，以美国为首的北约集团悍然用四枚导弹轰炸我驻前南斯拉夫大使馆，使馆被毁。在这次事件中，我三名记者牺牲。从北京开始，接着在全国各地掀起了声势浩大的示威游行。

天净沙·参观世博会二首

夜　景

华灯明月交辉，
轻风柔曲萦回。
抱叶掩容阖蕊。
缘何恬睡？
蓄芳来日夺魁。

中国馆日

翠山碧水妖娆，
奇花异草弄娇。
吐艳飘香争俏。
谁领风骚？
牡丹花下人潮。

一九九九年八月

【注】

【参观世博会】昆明世界园艺博览会于一九九九年五月一日至十月三十一日在云南昆明市举办。这是二十世纪末最后一次世界性博览会，主题是『人与自然迈向二十一世纪』。一九九九年八月十一日，抵昆明，当晚参观了世博园夜景，第二天参加中国馆日的活动。

【中国馆日】按照世博会规章，在会期间，各参展国和国际组织可确定某一天作为自己的馆日，举行有关仪式、各项技术文化活动。我国政府确定一九九九年八月十二日为中国馆日。

天净沙·巴中池园农家

春风云路人家，
绯桃白李黄花。
小院修竹新瓦。
荷塘月下，
陶公也想听蛙。

二〇〇一年三月

【注】
【巴中池园农家】巴中地区位于四川省东北部。发展池园经济，已成为当地脱贫致富的一种模式。
【黄花】这里指遍地泛金的油菜花。

江城子·贺青藏铁路开工

苍穹极目湛蓝空。
簇白云，
日喷红。
三喜临门，
两地庆开工。
祈盼千年今愿了，
天路上，
驾钢龙。

但知艰险万千重。
跨奔洪，
越巅峰。
露宿风餐，
傲立笑冰封。
公主有灵当洒泪，
新世纪，
尽英雄。

二〇〇一年六月

【注】

【三喜临门】二〇〇一年六月二十九日青藏铁路格尔木至拉萨段开工，正值中国共产党成立八十周年前夕、西藏和平解放五十周年及中央第四次西藏工作座谈会刚刚闭幕之际。

【两地庆开工】青藏铁路开工庆典在青海格尔木和西藏拉萨同时举行。

【公主】这里指文成公主。

五律·庆北京申奥成功

北京胜出日，
华夏梦圆时。
槌落人掀浪，
花飞泪伴旗。
放喉歌盛世，
纵酒舞雄狮。
百感心潮涌，
五环最俏枝。

二〇〇一年七月

【注】

【庆北京申奥成功】二〇〇一年七月十三日二十二时八分北京申奥成功，消息传来，瞬间举国欢腾。与友在长安俱乐部共享激动人心的一刻，后又与夫人、女儿回办公室取五星红旗，汇入长安街浩浩人群，尽享喜悦。

七律·写在北京奥运会残奥会圆满落幕之际

百年期盼梦今圆，
热泪纵横喜欲颠。
万里长龙传圣火，
一轴画卷演斑斓。
和谐跑道争先进，
竞技擂台奏凯旋。
美奂绝伦羞月窥，
人间天上共婵娟。

二〇〇八年九月

相见欢·三峡导流明渠截流观战

穿峡鼓浪奔流，
万石投。
激起排空飞柱，
夺咽喉。

车接力，
堰作臂，
抱江收。
喝令长龙俯首，

立涛头。

二〇〇二年十一月

【注】

【导流明渠截流】三峡水利枢纽工程，是迄今为止世界上最大的水利枢纽工程，于一九九三年动工，分三期建设。一期工程至一九九七年以大江截流为标志完成。导流明渠全长三点七公里，渠宽三百五十米，是为解决三峡二期工程期间通航和过流而开挖出来的一段『人造长江』。在导流明渠内截流，修建三期围堰，是二〇〇三年完成二期工程、实现水库初期蓄水、船闸通航和首批机组发电三大目标的基础性工程。导流明渠截流施工从二〇〇二年十月二十五日正式启动，十一月六日上午胜利合龙。

采桑子·赞抗非典白衣战士

突来鬼魅兴风浪，
没有硝烟。
却在硝烟，
遍地明烛火照天。

白盔素甲英姿裹，
不见真颜。
方显真颜，
敢为苍生赴九泉。

二〇〇三年五月

【注】

【突来鬼魅兴风浪】二〇〇三年春天，我国爆发了一场突如其来的非典型性肺炎疫情。当时病因不清楚，传播途径也不完全清楚，更没有掌握诊断、治疗和预防的有效办法。神州大地展开了一场抗击『非典』的全民战争。

【遍地明烛火照天】毛泽东为消灭血吸虫病而作的《七律·送瘟神》有云：『借问瘟君欲何往，纸船明烛照天烧。』

相见欢·贺我国首次载人航天飞船发射成功

云腾龙载神舟，
太空游。
翘首举国同仰，
喜眉头。

世代愿，
十年剑，
一朝酬。
待到红旗插月，

更风流。

二〇〇三年十月

【注】

【神舟】二〇〇三年十月十五日上午九时许，我国首次载人航天飞船神舟五号发射成功。飞船绕地球十四圈后于十六日上午六时二十三分安全返回地面，使我国成为继苏联和美国之后第三个有能力将航天员送上太空的国家。作者从发射现场乘飞机返京途中作此诗。

【十年剑】一九九二年九月中央批准立项载人航天工程，至发射成功，历时十一年。

相见欢·贺神舟七号发射成功

东风又送神舟，
探天游。
小小寰球尽览，
乐悠悠。

出舱走，
握星手，
舞旗酬。
从此中华足印，

太空留。

二〇〇八年九月

【注】

【贺神舟七号发射成功】北京时间二〇〇八年九月二十五日二十一时十分四秒，我国第三个载人航天器神舟七号飞船发射升空；九月二十七日十六时三十分，宇航员翟志刚出舱作业，实现了中国历史上第一次太空漫步，使中国成为第三个有能力把人类送上太空漫步的国家。

东风第一枝·西行随访

又倒春寒，
冰凝雪骤，
乌云欲卷天坠。
但知去否难全，
偏向虎山何畏。
西行大任，
赖国威，
斯人无愧。
巧布棋、措置裕如，

绵里藏针应对。

坦笑处，
接踵烟退；
妙语出，
多少人醉。
一番故土深情，
几多他乡热泪。
冰融雪化，
有道是，
东来春水。
叹恶浪、怎抵强楫，

更信大潮难悖。

一九九九年四月

七绝·与某国项目谈判有感

咖啡美酒起波澜，
舌剑唇枪去又还。
善舍敢得维权益，
互利共赢路方宽。

二〇〇七年八月

五言排律·红军飞夺泸定天堑

长空凌绝壁，
险壑荡激流。
铁索悬江挂，
苍鹰隔岸愁。
孤军遗碧血，
小指扼咽喉。
但有神兵降，
敢教妄语休。
擎旗张正义，

提首为自由。
不畏桥拍浪，
何妨缆断钩。
飞身穿弹雨，
箭步克碉楼。
气数残犹尽，
金汤固也丢。
仁师无对手，
勇士震顽酋。
壮举惊天地，
红军秉万秋。

二〇〇一年六月

【注】

【泸定天堑】泸定桥位于四川省泸定县城西大渡河上，是一座铁索桥，由十三根铁索共一万二千一百六十四格扣环连接而成。

【孤军遗碧血】一八六三年，太平天国将领石达开在泸定桥南的安顺场强渡大渡河，未能成功，全军覆没。

【敢教妄语休】一九三五年五月中国工农红军在长征途中，从云南以东渡过金沙江，沿着当年石达开走过的地方，向大渡河挺进。蒋介石电令其部，说：『大渡河天险，是太平天国石达开覆灭之地，共军断难飞渡，必步石军覆辙。』

七言排律·冬宫感怀

暮雨冬宫漫步吟，
亦惊亦叹感怀深。
花岗岩柱擎皇厦，
大理石阶入殿门。
金璧交辉争占眼，
银灯变换比夺人。
雕梁仙子牵能走，
画栋神驹唤欲奔。
玉嵌琛镶携碧佩，

珠围绣裹伴红裙。
充廊绘塑连城宝，
满室镂镌旷世珍。
东进西征皆进贡，
南伐北取尽称臣。
兵戈每染平民血，
王椅常勾贵戚魂。
战舰凌空一炮响，
旌旗插顶纪元新。
掀潮鼓浪五洲震，
浴血卫国四海钦。
环宇飞舟人共仰，

腾霄云弹霸独呻。
昔时风范今安在？
一夜分崩荡不存。
元气自伤风瑟瑟，
雄姿再展路沉沉。
凭栏犹记兴衰史，
国固中坚道至尊。

二〇〇一年九月

【注】

【泸定天堑】泸定桥位于四川省泸定县城西大渡河上，是一座铁索桥，由十三根铁索共一万二千一百六十四格扣环连接而成。

【孤军遗碧血】一八六三年，太平天国将领石达开在泸定桥南的安顺场强渡大渡河，未能成功，全军覆没。

【敢教妄语休】一九三五年五月中国工农红军在长征途中，从云南以东渡过金沙江，沿着当年石达开走过的地方，向大渡河挺进。蒋介石电令其部，说：『大渡河天险，是太平天国石达开覆灭之地，共军断难飞渡，必步石军覆辙。』

五律·拜谒胡志明陵墓

移步出灵堂，
清容隐又彰。
安详人正睡，
悲楚泪成行。
同志加兄弟，
邻居补短长。
前车犹可鉴，
世代共帆扬。

二〇〇六年十一月十七日

【注】

胡志明是越南共产党、越南人民共和国和越南人民军创始人和领导者。一九六九年九月二日逝世，安葬于河内市巴亭广场『胡志明陵墓』。

组诗·抗洪十首

其一　洪水牵心

暴雨降，惊涛狂；
河汤汤，湖茫茫。
百年不遇三头碰，
疑是天漏龙翻江。
才报南洪危断缕，
又传北水险脱缰。
水位几经超历史，

民垸多少已汪洋。
洪水无情人有情，
荧屏日日牵心肠。

其二　众志成城

号令下，红旗扬；
橘红甲，迷彩装。
你挑沙袋我打桩，
军民团结筑钢墙。
生死牌由丹心铸，
管涌洞以铁胸当。
水涨堤长洪无奈，
人在堤在气更昂。
蜿蜒灯火接天月，
血肉长城锁大江。

其三　簰洲营救

堤脚斜，堤身裂；
狂浪啸，从天泻。
小院屋顶舟自行，
大树梢头人同咽。
冲锋舟载父老还，
救生衣暖情深切。
人家多少又团圆，
战士一去竟永别。
生还希望留于人，
感天动地真英杰。

其四 九江堵口

九江段，四号闸；
泡泉涌，堤基塌。
轰然撕裂奔流急，
直趋街巷赛野马。
投石断水无踪影，
沉船堵口难作坝。
人头攒动传石链，
木桩打就接钢架。
鏖战五天终合龙，
雷鸣一声泪俱下。

其五　荆江化险

天突变，雨如剑；
水直逼，分洪线。
风萧萧兮荆江还，
嘱咐万钧重如山。
分洪坚守细掂量，
处变不惊自泰然。
增兵调峰巧安排，
严防死守保家园。
大浪排空擦肩过，
谁知其中险连环。

其六　保卫大庆

龙出水，虎下山；
天多大，水多宽。
防线两道痛失守，
油田三面环汹澜。
挥师十万垒天障，
旗海人浪何壮观。
激流拍胸身未抖，
惊涛灌顶腰不弯。
欢呼铁人今犹在，
磕头机唱入云端。

其七　科技显威

气象站，水文班；
调度室，战也酣。
初春已报龙闹海，
弯弓早备箭上弦。
水势雨情了如掌，
排阵布兵总周全。
妙手探堤除隐患，
高招堵口固弥坚。
拦洪截流巧削峰，
化险为夷又一关。

其八　手足情深

夜满星，月如银；
天有心，亦动情。
同舟何必曾相识，
共济应觉胜比邻。
百家饭菜香扑面，
万户衣衫暖入身。
老翁义演豪气壮，
稚童倾囊情意真。
一方有难八方助，
炎黄子孙本同根。

其九　灾后反思

洪虽退，夜难寐；
思萦回，可惭愧？
洞庭湖畔多民垸，
长江源头少植被。
泥沙肆意占河床，
蟠蛟无奈失栖位。
平垸还湖留水道，
植林退耕换山翠。
治水治国本相通，
天人和谐堪称最。

其十　精神永存

大会堂，人如潮；
庆胜利，学英豪。
擎天自有人民在，
降洪更觉华夏骄。
万众心齐能填海，
千军胆赤敢弄涛。
拨云破雾无阻挡，
踏浪斩鲸总风骚。
一曲壮歌传万代，
且看大地更多娇。

一九九八年十月

【注】

【组诗】一九九八年中国气候异常，长江、松花江、珠江、闽江等主要江河发生了大洪水，在神州大地进行了一场惊心动魄的抗洪抢险伟大斗争。作者随国家防汛抗旱总指挥部走南上北，身临其境，感慨万分而作。

【百年不遇】一九九八年，长江洪水仅次于一九五四年，为二十世纪第二位全流域性大洪水，松花江洪水为二十世纪第一位大洪水，珠江流域的西江洪水为二十世纪第二位大洪水，闽江洪水为二十世纪最大洪水。

【三头碰】指长江中下游地区天降暴雨，上游来水与洞庭湖、鄱阳湖排水入江，三方来水叠加在一起，导致长江洪峰迭起，水位攀升。

【南洪危断缕】南洪指长江，汛期长江连续出现八次洪峰，其危若似断非断之丝缕。

【北水险脱缰】北水指松花江、嫩江，汛期嫩江堤防六处漫堤决口，其险若即将脱缰之野马。

【民垸】在江汉平原、洞庭湖、鄱阳湖平原的湖泊、湿地和河道上，围堤圈地耕种而形成的村落。

【橘红甲】指抗洪解放军官兵身穿的救生衣。

【生死牌】在抗洪一线，各级领导分段包干负责。有的领导干部在自己负责的堤段立下『生死牌』，誓与大堤共存亡。

【簰洲营救】簰，音排，地名。簰洲湾位于湖北省嘉鱼县境内，由于千里长江到此突然拐了一道大弯而形成，是武汉市最后一道自然屏障。有云『簰洲湾弯一弯，武汉水落三尺三』。一九九八年八月一日夜八点，大量管涌群造成堤脚砂基渗透坍塌，江堤撕裂，五万群众被淹，开始了一场惊心动魄的营救战。

【九江堵口】一九九八年八月七日长江大堤九江段第四、五号闸之间发生溃决，溃口达三十米。五千名解放军官兵与九江干部群众奋战五天五夜，采用钢木框架填充石料新技术，筑起三道围堰，终于堵口成功。

【天突变，雨如剑】七月底，长江第三次洪峰平安度过，且根据天气预报，八月上旬将是雨转晴，人们对南水似乎松了一口气，开始关注北江的洪水。但八月上旬突然又连降暴雨。

【水直逼，分洪线】按长江防洪预案，荆江大堤的预定分洪水位是四十四点六七米，最高保证水位是四十五米。一九九九年八月十六日凌晨沙市水位突破四十四点九五米，预计可能达到四十五点二米。

【风萧萧兮荆江还，嘱咐万钧重如山】国家防汛抗旱总指挥由湖北省荆江抗洪前线飞往北戴河参加中央政治局常委会议，汇报抗洪抢险工作。席间，长江抗洪前线不断传来沙市水位即将超过最高保证水位的报告。中央决定，国家防汛抗旱总指挥一行改变原定行程，当晚不再飞哈尔滨检查北水抗洪抢险工作，会后立即返回荆江处理危机。临行前，中央政治局常委授权国家防汛抗旱总指挥决定当夜是否分洪，并嘱托要慎重决策。

【增兵调峰】决定不分洪后，中央军委一声令下调来八个师增援湖北抗洪第一线，严防死守长江大堤，并加强了科学调度，暂时关掉葛洲坝、隔河岩等上游水库的下泄水闸，全力拦蓄洪水，削减洪峰流量。

【保卫大庆】大庆是中国第一大油田。八月中旬，嫩江洪水泛滥，直逼大庆，东北三十万抗洪大军展开了一场惊天动地的大庆油田保卫战。

【虎下山】喻指嫩江大水如东北猛虎下山咆哮而来。

【防线两道痛失守】八月十五日拉海县胖头泡大堤民工把守的地段决口，保卫大庆油田的前沿阵地胖头泡至肇源农场七队的第一道防线被洪水突破。八月十六日，发展村老中道大堤决口，第二道防线又被洪水突破。

【油田三面环汹澜】嫩江、第二松花江和双阳河的洪水从北、西、南成月牙形将大庆围困。

【铁人】大庆工人王进喜，是大庆精神的一面旗帜。

【磕头机】即抽油机，是油田的象征，当地百姓俗称『磕头机』。

【初春已报龙闹海】一九九八年春天，国家气象局作出了当年长江可能发生类似一九五四年的全流域型大洪水的判断。据此，国家防汛抗旱总指挥部较往年提早对防汛抗洪的准备工作作出全面部署，各地也作出了周密安排，加大了工作力度。

【百家饭】在抗洪抢险大堤上，饭菜都是家家户户凑起来的，吃『百家饭』成为当时一景。

【万户衣】全国人民为灾区捐款三十五亿元，捐衣物折款三十七亿元。

【洞庭湖畔多民垸】随着围湖圈地建民垸的迅速增加，洞庭湖水面急剧缩小。一九四九年到一九八四年间，洞庭湖区面积由四千三百五十平方公里减至二千六百九十一平方公里，库容由二百九十三亿立方米减至一百七十四亿立方米，严重破坏了洞庭湖区的生态环境和蓄洪功能。

【长江源头少植被】由于乱砍滥伐树木，使长江上中游植被受到严重破坏。据一九五七年调查统计，长江流域森林覆盖率为百分之二十二，水土流失面积为三十六点三八万平方公里，占流域总面积的百分之二十点二；三十年后的一九八六年，森林覆盖率降低一半，仅剩百分之十，水土流失面积猛增一倍，达到七十三点九四万平方公里，占流域总面积的百分之四十一。

【平垸还湖】【植林退耕】灾后，中央提出了『退耕还林、退田还湖，平垸行洪，移民建镇』的措施，并在长江上中游实施天然林保护工程，全面停止对天然林的砍伐。

【精神永存】一九九八年九月，在北京人民大会堂召开了大会。中央号召全国人民发扬『万众一心、众志成城、不怕困难、顽强拼搏、坚忍不拔、敢于胜利』的伟大抗洪精神。

组诗·抗雪十首

其一　冰雪突袭

气候乱，南国寒；
冰封地，雪漫天。
皑皑一片都不见，
唯有冰凌挂满山。
电塔八千接踵落，
车流百里滞行艰。
禾苗亿亩多僵死，

灯火万家已黯然。
父老乡亲心切切，
中南海里夜难眠。

其二　集结号角

无声令，党旗扬；
群情起，上战场。
率先垂范人心振，
万马千军斗志昂。
踏雪破冰无所惧，
饮风沐雨又何妨。
一方有难帮相助，
万众齐肩慨而慷。
路畅电通生计保，
攻坚擂鼓正铿锵。

其三　开路先锋

京广阻，人潮涌；
京珠堵，卧僵龙。
归心似箭急如火，
等米下锅半途中。
敢舍微躯融雪障，
拼将热血化冰峰。
迂回摆渡回乡送，
一路风寒一路情。
大道条条终顺畅，
笛声和泪向天鸣。

其四　光明使者

折腰塔，横地杆；
电网瘫，事关天。
集兵十万驱黑暗，
掘路伐枝越雪巅。
塔顶朔风吹面裂，
钢梁寒气透心穿。
肩扛铁架山尖立，
手引银弦阡陌连。
灯火人家重点亮，
梳妆少女影窗帘。

其五　雪中送炭

爆竹响，小矿歇；
冰雪阻，炭煤缺。
十万火急频报告，
几多电站叹长嗟。
矿井深处亲叮嘱，
困难当头显俊杰。
多少人家年夜饭，
隆隆钻镐声不绝。
乌金滚滚长龙送，
发电机歌奏大捷。

其六　神兵天降

险情号，破长空；
神兵降，军旗红。
哪里艰难哪有我，
金徽闪闪映银峰。
身披雪甲英姿展，
头顶冰盔胆气冲。
开道架杆方酣畅，
扶危解困又新功。
钢肩铁臂担天下，
砥柱中流子弟兵。

其七　守望相助

房屋倒，手足僵；
电停供，炊缺粮。
冰雪无情劫大地，
人间有爱恸穹苍。
新居移处家家暖，
好谷烹时户户香。
心热不曾识远客，
眉开疑是已还乡。
一声亮了看春晚，
举酒相邀泪满裳。

其八　重建家园

斩首树，光杆竹；
畜不叫，苗倒覆。
冰凌盖顶压不垮，
傲骨擎空岂低颅。
万顷菜棚排重列，
千山草木绿再涂。
锵锵笑语车钳刨，
阵阵欢声牛马猪。
骤雪来时春岂远，
且看大地又新图。

其九　月下凝思

狂雪住，坚冰融；
大地静，夜半钟。
挂起征衣提起笔，
甜酸苦辣味无穷。
举国一体惊寰宇，
知著见微耳目聪。
细处成灾缘大意，
渴时掘井岂从容。
风云变幻寻常事，
未雨绸缪过硬功。

其十　华夏人赞

多磨难，五千年；
不言败，永奋前。
黄河九曲东流海，
泰岳千峰共柱天。
国有危亡声齐吼，
民何畏惧若等闲。
抛头洒血国魂在，
伏虎降龙凯乐还。
自力自强天行健，
大仁大义一脉传。

二〇〇八年三月

【注】

【冰雪突袭】二〇〇八年一月中旬至二月上旬，一场历史罕见的低温雨雪冰冻灾害袭击了我国南方大地，影响范围广，持续时间长，危害程度深，波及全国二十个省（区、市），多数地区为五十年一遇，有些地区为百年一遇，受灾人口达一亿多人。党中央、国务院率领全国人民艰苦奋战，展开了一场惊心动魄的抗击冰雪灾害的『人民战争』。

【电塔八千接踵落】因覆冰严重导致高压电线铁塔倾倒八千三百八十一基，前所未闻。

【车流百里滞行艰】受灾最严重时，滞留铁路客车三百八十七列、公路车辆七十万辆，旅客数百万人。

【禾苗亿亩多僵死】农作物受灾面积高达一点七八亿亩，绝收二千五百三十六万亩。

【灯火万家已黯然】灾害使湖南、贵州等省一百七十个县供电中断。

【率先垂范】在紧急关头，胡锦涛总书记、吴邦国委员长、温家宝总理、贾庆林主席先后亲赴一线指导抢险抗灾，中共中央政治局其他常委、国务院有关领导也都分赴灾区指挥协调，极大激发了人民群众的斗志。

【路畅电通生计保】党中央提出抢险抗灾的总体部署是『保交通、保供电、保民生』。

【攻坚】抢险抗灾中，先后组织开展了『抢通道路』『抢修电网』『抢运电煤』『保受灾群众生活』和『保灾区市场供应』等五个攻坚战，艰苦奋战，相继告捷。

【京广阻】【京珠堵】二〇〇八年一月二十五日后，京广、沪昆铁路因断电运输受阻，京珠高速公路等『五纵七横』干线近两万公里交通瘫痪，二十二万余公里普通公路受阻，民航机场被迫关闭，造成几百万返乡旅客滞留在车站、机场和铁路公路沿线。

【迂回摆渡】铁路部门紧急调运五百五十七台内燃机车赶往受灾断电区段，替代电力机车摆渡运输和经由其他线路迂回运输，铁路职工、干警、家属全力为滞留旅客服务。春节（二月五日）前，各地积压旅客疏运完毕。

【笛声和泪向天鸣】京珠高速公路粤北、湘南严重拥堵路段，坡陡冰厚，最多时滞留万余车辆。交通部门、地方政府、解放军、群众昼夜除雪破冰，二月四日公路抢通时，司机纷纷鸣笛致谢，响声震天，闻者无不动容。

【电网瘫】全国因灾停运电力线路三点六七万条，十三个省（区、市）电力运行受到影响。

【集兵十万】奋战在电网抢修一线的人员最多时达四十二万人。

【重点亮】截至三月十二日，全国因灾停运的电网线路恢复百分之九十五，因灾停运的变电站恢复百分之九十九，抢修电网攻坚战取得决定性胜利。

【爆竹响，小矿歇】春节前占总能力百分之四十的小煤矿相继放假停产。

【几多电站】电煤供应最紧张时，全国直供电厂存煤仅相当于正常水平的一半，缺煤停机的发电机组约四千二百万千瓦，十九个省（区、市）拉闸限电。

【矿井深处亲叮嘱】抢险抗灾关键时刻，胡锦涛总书记到大同煤矿井下四百米深处慰问一线采煤工人，并鼓励他们为国家多作贡献。

【困难当头显俊杰】春节期间，神华、中煤集团及大同煤矿等二千二百八十处地方国有重点煤矿发挥骨干作用，放弃休假，坚持生产，煤炭产量增长约百分之三十。

【乌金滚滚长龙送】铁道、交通部门组织抢运电煤攻坚战，铁道运电煤日均装车达四点三万车，比上年同期提高百分之五十三点九；大秦铁路日均完成一百万吨运量，同比增长百分之二十二；秦皇岛等北方四港日装船一百三十万吨，同比增长百分之二十四。

【发电机歌奏大捷】经过各方面共同努力，集中生产抢运电煤攻坚战取得决定性胜利。截至二〇〇八年二月二十四日，直供电厂存煤达到二千七百七十万吨，可耗用天数由一月二十六日的七天恢复到十四天左右的正常水平。

【神兵降】人民解放军和武警部队累计出动一百一十六万人次，公安民警先后出动五百九十四万人次，承担了抢险抗灾中最为艰巨的任务，为人民再立新功。

【房屋倒】灾区倒塌房屋共计四十八点五万间，损害房屋一百六十八点六万间，紧急安置转移一百六十六万人。

【人间有爱恸穹苍】保证受灾人民群众『有饭吃、有衣穿、有住处、有病能医』始终是抢险抗灾中的首要任务。中央政府及时下拨自然灾害生活救助资金十八点二四亿元，向灾区调拨棉被四百三十一万床，棉衣五百五十八万件，方便食品二千零八十五万吨，蜡烛、手电、照明灯等一千万支，海内外向灾区捐助二十二点七五亿元。

【一声亮了看春晚】温家宝总理在湖南省、贵州省部署救灾，要求除夕前绝大部分地区恢复供电，让灾区群众能看上中央电视台『春节晚会』节目。经过各方面团结奋战，二月六日除夕，全国因灾停电的一百七十个县城以及百分之八十七的乡镇基本恢复用电。

【斩首树，光杆竹】覆冰林木树冠折断，受灾林木面积达三点四亿亩，惨不忍睹。

【畜不叫】据农业部统计，截至二月十四日，因灾死亡禽畜总数七千四百五十五点二万只/头，其中生猪四百四十四点七万头，牛四十三点五万头，羊一百六十八点三万只，家禽六千七百三十八点五万只。

【苗倒覆】油菜、蔬菜受灾面积分别占全国秋冬种油菜、蔬菜面积的百分之四十八和百分之三十四。

【举国一体惊寰宇】抢险抗灾中举国动员的体制体现了我国的政治优势，有国外媒体称，只有社会主义中国才能做到这一点。

【耳目聪】国家气象部门及时发出雨雪冰冻天气预报。国务院有关部门从二〇〇七年十二月十九日起至二〇〇八年一月二十一日，连续五次发出灾害预警通知，要求做好抗击冰雪的各项应对工作。

组诗·抗震十首

其一　天塌地陷

大地抖，腥风虐；
川改道，山崩裂。
泥流石瀑从天泻，
广厦顿失烟灰灭。
千镇万村呼无应，
断桥残路飞难越。
疮痍满目家何处？

唯听废墟声声咽。
父老乡亲你在哪？
十三亿人心滴血。

其二　集结号响

震惊天，令急颁；
鹰展翅，箭离弦。
风驰电掣犹嫌慢，
恨不分身瓦砾边。
雨倾山摇全不顾，
排兵布阵陋棚间。
八方四面群英汇，
万马千军抢入川。
国难当头齐呐喊，
五星旗下肩并肩。

其三　生死搏斗

请挺住，别远走；
祖国在，坚相守。
派天兵堵鬼门口，
争秒分与死神斗。
顶断梁开希望路，
冒余震救亲骨肉。
残垣但见光一缕，
钻撬刨搬不撒手。
地狱劫生八万还，
人间奇迹新谱就。

其四　铁军无前

绝壁悬，激流湍；
灾情迫，火速前。
十万大军强挺进，
飞石箭雨若等闲。
拼夺孤岛盲区降，
抢掘废墟望眼穿。
生命方舟肩托起，
亲人岸上泪满衫。
降洪伏雪英雄手，
蜀道难拦补裂天。

其五　国旗半垂

国旗垂，山河泪；
长风咽，人心碎。
八万同胞一瞬殁，
天何糊涂人何罪。
雏鸽无恙鹰折翅，
乳子安然娘长睡。
永恒雕像心中矗，
天堂路上可宽慰？
笛声回荡向谁鸣，
生命至尊民为贵。

其六　悬湖化险

落石堵，奔流阻；
河塞堰，湖悬谷。
水涨怕逢倾盆雨，
堤决狂泻猛于虎。
千钧一发箭在弦，
除险撤离同部署。
倾巷空村急转移，
开渠导泄分秒数。
手牵洪魔驯从流，
浩浩安澜过巴蜀。

其七　爱心奉献

川内外，寰宇中；
地虽裂，心相通。
南北东西齐援手，
炎黄一脉本根同。
甘甜母乳孤儿醒，
荡气遗书壮士情。
献血长龙人堵路，
解囊绵薄土积峰。
真情不语天流泪，
大爱无私地动容。

其八　重新出发

洗去血，抚平伤；
含着泪，再起航。
天塌地陷腰未弯，
浴火重生头更昂。
瓦砾丛中兴广厦，
残垣断处种新秧。
飞桥又架通天路，
信手共织锦绣乡。
篷帐学堂灯一盏，
凤凰涅槃铸辉煌。

其九　人生感悟

面对死，怎做人；
灾难后，悟可深？
失去方觉生宝贵，
幸存当会懂知恩。
虚名浮利原无谓，
博爱亲情乃至珍。
应信平凡出伟大，
从来烈火铸真金。
来时去也何牵累，
奉献无私自在身。

其十　华夏再赞

惊天地，泣鬼神；
五洲叹，四海钦。
多难兴邦缘何在，
临危万众共一心。
山崩地裂脊梁挺，
蹈火赴汤涌千军。
开放坦诚新形象，
自强仁爱民族魂。
顶天立地何为本？
日月同辉大写人。

二〇〇八年六月

【注】

【天塌地陷】二〇〇八年五月十二日十四时二十八分，四川省汶川县发生特大地震，震级达里氏八级，最大烈度达十一度，波及四川、甘肃、陕西、重庆等十六省区市，受灾面积四十四万平方公里，受灾人口四千五百一十六万人，是新中国成立以来破坏性最强、波及范围最广、救灾难度最大的一次地震。

【广厦顷失烟灰灭】截至二〇〇八年六月二十四日，倒塌房屋七百七十八点九万间，损坏房屋二千四百五十九点二万间。

【千镇万村呼无应】地震损毁光缆里程三万五千零九十一公里，基站三万一百零九座，造成一百零九个乡镇一度通信阻断。

【断桥残路飞难越】地震造成交通基础设施严重损毁，震中地区周围的十五条国道省道干线公路和宝成线等五条铁路中断，受损公路里程达五万三千二百九十五公里，损毁桥梁六千一百四十座。

【令急颁】胡锦涛总书记在地震发生后第一时间迅即作出指示，要求『尽快抢救伤员，保证灾区人民生命安全』，并于当晚主持召开中央政治局常委会议，全面部署抗震救灾工作；温家宝总理震后四个多小时即飞抵四川地震灾区指挥抗震救灾工作，并在飞机上召开紧急会议，成立国务院抗震救灾总指挥部和八个抗震救灾组，部署相关工作。

【排兵布阵陋棚间】五月十二日晚十一点四十分，温家宝总理在地震灾区都江堰市临时搭起的简易帐篷内主持召开国务院抗震救灾总指挥部会议，部署抗震救灾工作。

【生死搏斗】中央多次强调，要把抢救被困群众作为第一位任务；抢救人的生命，是救灾工作的重中之重。

【钻撬刨搬不撒手】中央领导同志要求，对于被困人员，只要有一线希望，就要做百倍的努力，决不放弃。

【地狱劫生八万还】截至二〇〇八年七月十一日十二时，从废墟中共救活被掩埋人员八万四千零一十七人。

【十万大军强挺进】为支援抗震救灾，共出动军队和武警部队十三点三万人，民兵预备役人员四点五万人，累计出动各种飞机七千零二十五架次。

【拼夺孤岛盲区降】地震后受灾严重的乡镇、村庄与外界彻底失去联系，成为一座座『孤岛』『盲区』。按照胡锦涛主席『进村入户』的要求，各路救援队伍不畏艰险，冒着余震滚石，纷纷挺进，于五月十四日中午到达全部受灾县，十五日二十四时到达全部重灾乡镇，十九日十四时到达所有受灾村庄。

【生命方舟肩托起】截至六月十二日，共解救转移被困群众一百四十余万人。

【国旗半垂】国务院决定，二〇〇八年五月十九日至二十一日为全国哀悼日。在此期间，全国和各驻外机构下半旗志哀，停止公共娱乐活动。五月十九日十四时二十八分起，全国人民默哀三分钟，此时汽笛长鸣，举国同悲。

【八万同胞一瞬殁】截至二〇〇八年六月二十三日，已确认因灾遇难六万九千一百八十一人，受伤三十七万四千一百七十一人，失踪一万八千一百八十九人。失踪人员中相当数量可能已经遇难，估计遇难总人数将超过八万人。

【雏鸽无恙鹰折翅】受汶川地震影响，四川德阳市东汽中学教学楼坍塌。在地震发生的一瞬间，该校教导主任谭千秋像童话里的天使一样，张开双臂趴在课桌上，用身体死死护住四个学生。四个学生得救了，他却献出了五十一岁的生命。救援人员发现他时，他依然保持着像雄鹰一样张开双臂、奋不顾身保护学生的姿势。

【乳子安然娘长睡】五月十三日中午，救援人员在北川县城一座废墟里发现一位死去的母亲，并在她的怀里发现一个三四个月大的孩子。因为有母亲身体的庇护，孩子毫发未伤。随行医生在为孩子做检查时，在包着孩子的被子里发现有一部手机，医生无意碰了手机屏幕，屏幕上显现一条已经写好的信息：『亲爱的宝贝，如果你能活着，一定要记住我爱你。』看惯了生死离别的医生，无不动容而泣。

【生命至尊民为贵】为汶川地震遇难者确定全国哀悼日，是我国首次为严重自然灾害中的遇难同胞举行的全国性哀悼活动。国内外舆论一致认为，设立全国哀悼日寄托着政府对遇难者的尊重，对生者的关怀，是以人为本理念的特殊体现形式。

【悬湖】指堰塞湖。是指由地震等原因引起山体滑坡堵截山谷、河谷或河床后贮水而成的湖泊。堰塞湖一旦堵塞物溃决，湖水便倾泻而出，造成洪灾等灾害。汶川地震形成很多堰塞湖，其中出现险情的就有三十四座。

【除险撤离同部署】汶川地震形成的最大的堰塞湖是唐家山堰

塞湖，库容最高时达到二点五亿立方米，一旦溃坝，危及当地百万以上人口安危。党中央、国务院对唐家山堰塞湖排危抢险工作高度重视，要求把工程抢险和群众转移避险工作同时安排、同步进行，确保不出大的问题，确保群众生命安全。

【倾巷空村急转移】为做好唐家山堰塞湖排危抢险工作，对下游绵阳市三十三个乡、一百六十九个社区的二十多万名群众实施紧急转移，出动五千三百多名解放军和预备役人员协助，设置二百五十二个临时安置点。撤离完成后，又组织人员进行拉网式搜索，确保不漏一人。

【开渠导泄分秒数】地震灾区暴雨连连，五月二十二日—二十四日唐家山堰塞湖水位每天以两米的速度上升，气象台预报强降雨即将来临，危在旦夕。武警水电官兵冒着生命危险，与洪水争速度，用六个昼夜在唐家山堰塞湖坝上开挖了一条长四百七十五米、宽五十米、深十二米的泄流渠。

【手牵洪魔驯从流】六月十日，唐家山堰塞湖洪流顺着泄流渠滚滚而下，流量最高达每秒六千四百二十立方米，随后逐步下降。洪峰流出灾区，标志着洪流已驯服于智慧的中国水利专家和英勇的中国军民，整个泄洪过程无一人伤亡，创造了世界上处理大型堰塞湖的奇迹。

【甘甜母乳孤儿醒】四川江油市公安局民警蒋晓娟义务为急需哺乳的灾区孤儿喂奶，却把自己才六个月大同样需要母乳喂养的孩子交给公婆照料。她的事迹被广为传颂，人们亲切地称她是『警察妈妈』。

【荡气遗书壮士情】五月十三日，空军空降兵某部的四千五百名官兵，慷慨写罢遗书，作为空军救援部队第一梯队赶赴灾区。五月十四日，十五名空降兵官兵在地形和天气条件极为恶劣的情况下，从数千米的高空跳出机舱，成功伞降，并圆满完成了侦察救援任务。

【献血长龙人堵路】全国各地群众献血热情高涨，纷纷要求为灾区人民奉献爱心，不少地方出现为献血连夜排队的情况。由于献血人数过多，各地血库爆满，卫生部号召进行献血预约登记。一家外国通讯社说：『一个总理能在两小时就飞赴灾区的国家，一个能够出动十万救援人员的国家，一个企业和私人捐款达到数百亿的国家，一个因争相献血、自愿抢救伤员而造成交通堵塞的国家，永远不会被打垮。』

【解囊绵薄土积峰】地震发生后，社会各界和海外华人华侨及国际友好人士纷纷捐款捐物。荀子云：『积土成山，积水成渊。』截至二〇〇八年六月二十四日十二时，全国接受国内外捐赠款物总计达五百三十点三二亿元，已到账款物五百一十七点二七亿元。

【五洲叹，四海钦】国际社会积极评价中国抗震救灾工作，称赞中国政府高效有序，各族人民团结一致、众志成城，抗震救灾工作迅速有力，重点突出，有长远眼光，充分体现了以人为本的价值理念。

【开放坦诚新形象】国际舆论认为，在这次抗震救灾中，中国坚持以人为本的理念，行动有条不紊，信息公开透明，并首次与国外救援队开展合作，向世界展现了『人性化』『更加自信』『更加开放』的一面，是经历了改革开放三十年后中国新形象的集中体现。

秋月夜·故宫国宝失散感怀

琼楼玉宇月圆，
却难眠。
多少奇珍流落，
梦魂牵。
珠椟远，
三希散，
富春残。
何日金瓯合璧，

共欢颜。

二〇一〇年八月十七日

【注】

【珠椟远】唐代怀素《自叙帖》帖册与椟匣并美，世称『珠椟合璧』。当年因避日军侵略，故宫文物管理人员曾以为战火一时将会平息，故只将帖册带走，而将由珍稀木材制成的椟匣留于北京，现帖藏台北，匣藏北京。

【三希散】乾隆皇帝将王羲之的《快雪时晴帖》、王献之的《中秋帖》、王珣的《伯远帖》并藏于故宫养心殿西暖阁内，并御书匾额『三希堂』，视为稀世瑰宝。现《中秋帖》《伯远帖》藏于北京故宫，而《快雪时晴帖》藏于台北故宫博物院。

【富春残】元朝画家黄公望所作《富春山居图》被誉为中国山水画长卷『第一神品』。明末收藏家吴洪裕因爱临终时焚之以殉，幸为其侄由火中救出，但画已烧断，前段较小，修补后被称为『剩山图』；后段较长，称『无用师卷』。现『剩山图』藏于浙江省博物馆，而『无用师卷』藏于台北故宫博物院。

浪淘沙·中国共产党成立九十周年感怀

九秩驶中兴，
岁月峥嵘。
开云破浪领航程。
两岸杜鹃红似火，
莫忘英灵。

贯耳警钟鸣，
风雨声声。
征长万里未垂成。

大业安能传不断，
道法苍生。

二〇一一年六月

七绝·贺揽月捉鳖

神九追宫吻太空，
蛟龙探海试身功。
西游梦幻成真事，
揽月捉鳖一掌中。

二〇一二年六月二十九日

【注】
二〇一二年六月二十九日，神舟九号与天宫一号成功交会对接返回地面暨蛟龙号潜海探测突破七千米级大关，口占一绝于航天城指挥中心。

五律·开春感怀

龙腾播瑞雪，
蛇舞报春晖。
阵阵清风劲，
拳拳暖气吹。
空雷天旷废，
润雨地芳菲。
梅领千枝放，
秋来好梦归。

二〇一三年二月

【注】党的十八大闭幕后开局百日，作八项规定、反舌尖浪费，忌空谈误国、倡实干兴邦，人心凝聚，群情振奋，感慨系之。

江城子·为「嫦娥」携「玉兔」成功登月而作

四千年矣梦魂牵，
望人间，
盼团圆。
玉兔嫦娥，
几夜已无眠。
金甲天车轻步落，
双双见，
泪洗颜。

风火六轮走虹湾，
携银蟾，
探奇观。
桂树花开，
倩影美频传。
最是亲人相对问：
何年月，
故乡还？

二〇一三年十二月十二日

五律·出席首次南京大屠杀国家公祭日口占

中华公祭日，
寰宇震惊时。
浸海生灵血，
堆山白骨尸。
家仇燃怒火，
国恨醒雄狮。
大鼎和平唤，
钟鸣永叩之。

二〇一四年十二月十三日

七绝·探访库布其治沙

茫茫大漠嗟无路，
忽现绿洲一鹤排。
疑是分身西子畔，
原来持道掌中开。

二〇一七年七月

【注】

【库布其】蒙语意为『胜利在握的弓弦』。位于内蒙古鄂尔多斯盟，是中国七大沙漠之一，长四百公里，宽五十公里，沙丘高十至六十米，史称『死亡之海』。当地群众，经过卅年努力，探索出一条顺应自然规律（持道）、发扬愚公精神（掌中开），『政府政策引导、企业商业投资、牧民市场化参与、生态持续化改善』的荒漠化治理路子，被联合国誉为防沙、治沙『中国经验』的典范，广为推介。二〇一七年七月二十九日驱车前往，并出席第六届库布其国际沙漠论坛，有感而发。

七绝·写在国务院新老班子交接之际两首

其一

争说五载不平凡，
谁解其中险连环。
帆正心齐人勠力，
乘风后浪更趋前。

其二

同桌日日笑颜开，
咸淡共尝难忘怀。
美味盈盘终散去，
醇香留齿沁心来。

二〇一八年三月二十一日

东风第一枝·参观珠海国际航展

四海人潮，
八方铁鸟，
一声展翅呼啸。
轻燕猛虎翻腾，
挟雷御龙缭绕。
七颜长袖，
穹顶上，
伴芭蕾跳。
震耳咔嚓竞抓拍，

朋友手机刷爆。

三剑客、扬眉比俏。
歼十B、令人醉倒。
彩虹小试锋芒，
威龙披雾出鞘。
蓝天盛宴，
最堪慰、俺中国造。
但知否，
心病犹存，
何日可听捷报？

二〇一八年十一月

【注】

【三剑客】中国航空三大机型：大运-20、大客C919、水陆两栖AG600。

【歼十B】首次亮相的装有矢量发动机的中国第四代歼10的改进型战斗机。

【彩虹】中国航天科技集团研制的无人机系列。

【威龙】歼-20的代号，我国中航工业成飞公司自主研制的新一代隐身战机。

【心病犹存】我国航空工业的『心脏病』依旧存在，发动机仍是短板。

五律·全民抗疫两首

其一

瘟神肆虐日，
华夏愈坚时。
天使抛生死，
雄兵斩魅魑。
小别何谓远，
后会不嫌迟。
自有回天力，
从容待凯师。

其二

举国防控网，
战疫一盘棋。
三镇千钧发，
八方万马驰。
居家同贡献，
在岗共扛旗。
更有回春手，
降魔报鹊枝。

二〇二〇年二月